# S級冒険者が集う酒場で一番強いのはモブ店員な件

## ～異世界転生したのに最強チートもらったこと全部忘れちゃってます～

徳山銀次郎

JN229937

GA文庫

カバー・口絵　本文イラスト
**三弥カズトモ**

# プロローグ

目を覚ますと日下部編登《くさかべあみと》は真《ま》っ暗《くら》な空間にいた。

一筋《ひとすじ》の光すら差さない暗闇《くらやみ》。

ボーッとした頭のまま、編登は暗闇をぐるりと見回す。

この空間がどこまで広がっているかはわからない。

しかし、足が地につく感覚があるのでおそらく地面はある。

宇宙的な空間ではないようだ。

その証拠に暗闇の奥からコツコツコツと地面を鳴らす足音が響《ひび》いてきた。

「はじめまして、日下部編登さん。私は最後の女神イラリス。あなた方の世界とは異なる世界の存在です」

「異なる世界……？　つまり」

異世界。目の前に現れた銀髪《ぎんぱつ》の美少女は異世界の女神だと言うのだ。

説得力はある。なんせこの暗闇で、そのふくよかな胸がハッキリと視認《しにん》できるくらい、彼女は光り輝いているのだ。編登の知っている現代日本で自ら発光できる人間なんていない。

それに、

（ああ、そうだ。僕《ぼく》……死んだんだ）

混乱《こんらん》で薄《うす》れていた記憶が戻ってきた。

なんの取《と》りえもない人生だった。

勉強はそこそこ、運動も並以下。異性からはモテないし、芸術の才能があるわけでもない。教室の隅《すみ》でライトノベルを読んでいたら陽キャ男子からオタクだと嘲笑《ちょうしょう》され、油性マーカーで表紙のヒロインにヒゲを生やされたこともある。そして、それに言い返せず、笑ってごまかすような自分だった。

コンプレックスだらけの十七年間。

ただ、そんな自分でも唯一、ホームと呼べる場所があった。

アルバイト先の居酒屋だ。

別に仕事が特段できていたわけじゃない。

ただ、ひたすらに一生懸命《いっしょうけんめい》。元気よく大きな声で。それだけをモットーに働いていたら、店長もスタッフも、お客さんも、みんなが編登をかわいがってくれた。

初めて自分のことを認めてくれた仲間たち。

そんな居酒屋に強盗が入った。

通報をしようと動いた女子スタッフに強盗のナイフが向けられた。

編登の体は無意識に動いていた。

彼女の盾《たて》になり……そこからは記憶がない。


「勇敢《ゆうかん》でしたよ」


女神イラリスは編登に優しく笑った。

「あのあと店は……！　店は大丈夫だったんでしょうか⁉」

「はい。あなたが作ったわずかな隙《すき》により、他の方たちで強盗を取り押さえることができ、事なきを得ました」

「よかった」

「もちろん店長さんがすぐに救急車を呼んだのですが、残念ながら……」

「僕は死んでしまったと」

「そうなります」

店が無事でよかった。死んだことよりも、そちらの安堵感《あんどかん》が勝っていた。

そんな編登を見て女神は再び笑った。

「あなたのような人間を探していました」

「僕のような人間？」

「はい。先に伝えた通り、私は最後の女神。我々の世界の神々は魔王によって皆、殺されてしまいました。最後に残った私も無念ながら魔王には敵《かな》いませんでした」

「神をも殺す魔王……」

「しかし、私は死の直前、わずかな魔力を世界の狭間《はざま》に保存しました」

おそらく、ここが世界の狭間なんだろうと編登は理解した。

「じゃあ今ここにいるあなたは？」

「魔力で具現化した女神イラリスの残留思念《ざんりゅうしねん》です。私は思念となり、別の世界から魔王を倒してくれる方を探し続け、そしてようやくあなたを見つけたのです。そして召喚《しょうかん》した」

「僕が……魔王を倒す？」

このなんの取りえもない自分が？

そんな疑問を抱きつつ編登が女神を見ると、

「そうです。ようやく……ようやく……。ククク。ククハハハハハハ!!　ようやく見つけた!!　勇者となる存在。素晴らしい……!!　素晴らしいわ!!」

高笑いをしていた。

それも飛び切り悪そうな。

「ハッ……しまった！　すみません、あなたを見つけた嬉しさでついテンションが上がって、悪役みたいな口調になってしまいました」

（今更《いまさら》そんなことを言われても、もうゲーム序盤に現れる味方を装《よそお》った黒幕にしか見えないよ）

編登の猜疑心《さいぎしん》に溢《あふ》れた視線で女神も察《さっ》したのか、

「本当なんです！　本当にテンションが上がっちゃっただけなんです！」

慌《あわ》てて弁明を始める。

それが逆に怪しい。

「テンション上がって悪役みたいになる女神がどこの世界にいますか」

「ここの世界にいますー。あなたの世界の常識で語らないでくださいます？　ここ、もうあなたの世界じゃないんで」

（なんかネットで論破《ろんぱ》する人みたい。こういう人の言うことは聞いちゃいけないって店長が言ってたな）

「決めました。僕は魔王を倒す存在とかって奴にはなりません」

「一回落ち着きましょう？　ね？　気持ちはわかりますが駄々《だだ》をこねないでください」

（なんか僕が悪者にされてる！　やっぱり店長の言ってた通りだ！）

なかなか言いがかりだと、内心では思いながらも編登は女神に聞く。

「そもそもなぜ僕が選ばれたんですか？」

「魔王を倒すためには我々神の使っていた力を授《さず》ける必要があります。しかし神の力は絶大。魔王を倒したあと、悪用されたら困ります。ですから、あなたのような純粋な方がふさわしいのです」

「僕……純粋ですか？　自覚ないですが」

「自らの命を犠牲《ぎせい》にしてでも他者を助けようとする方が純粋でなくて、なんだと言うんですか」

「でも……僕はなんの取りえもないダメダメな人間ですよ？」

「そこもいい！」

「はい？」

「そこもっいいいっ!!」

「はあ……？」

「人間にとって一番の敵は欲望です。力を手に入れた人間はそれを私欲のために使うでしょう。しかしあなたはとても謙虚《けんきょ》で欲がない！　権力に興味がない！　女性に言い寄られてもモテたことがないから気付かない！　気付いても慣れてなさすぎて口説《くど》き方《かた》がわからないからそれ以上の行動が起こせない！」

「帰りますよ？」

「帰る場所がないからここにいるんですよ？」

本当にこの人は女神なのだろうかと編登はいよいよ疑《うたが》いだす。

「とにかくあなたなら魔王を倒せます！」


まあ、要約するとチート能力あげるから異世界転生して魔王倒してねと。

編登も異世界転生に憧《あこが》れていた口だ。

なんだかすごそうなチートスキルをもらえるなら喜んで受け入れたい。

しかし、

「神を殺してきた魔王に神の力で立ち向かっても勝つのは無理じゃ？」

「大丈夫です。神がやられたのは全部不意打ちですから。本気でやれば魔王なんてボコです。ボコボコのボコです」

「不意打ちって……神様って何人いたんですか？」

「私を含《ふく》めて五人です」

「五人もいて全員不意打ちくらったんですか⁉」

「神だって万能じゃないんですー。一人一人、突出した力はあれど、苦手なことだってあるんですー」

「それはそうかもしれないけれど、せめて最後のあなたは警戒《けいかい》してくださいよ。他の神様が不意打ちでやられたというのは知っていたんでしょう?」

「しかし五人の力は私に託《たく》されました。全ての神の力が一つとなってあなたに受け継がれたら最強の勇者が誕生します」

(あ……都合悪いからって無視して話進めた)

「さあ、あなたに神の力を! えいっ!」

「え! まだ僕いいって言ってない!」

「ええいっ!」

「あと伝授《でんじゅ》の仕方がなんか、かわいい!」

途端、編登の体が光りだした。

体の奥底から不思議なパワーが溢れだす。

「今からあなたは日下部編登改め、勇者アミトです! 編登からアミトです!」

「芸能人が芸名変えたみたい!」

「よっ! 勇者アミト!」

「おだて方が古い!」

ともあれ、伝授されてしまったのなら仕方がない。

「神の力っていうのは、どんな感じなんでしょうか。伝授された実感があまりなくて」

「では、あなたの得た神の力を説明します」

「この冷静な時とのギャップが怖《こわ》いんだよなぁ」


女神イラリスから与えられた神の力は、五神になぞらえて五つ。

①魔神ソルドの力　始祖《しそ》魔法
神がこの世界に初めて作った三大魔法「ファイアボウル」「サンダボルト」「アイスバン」を使える
その威力は人間の開発した魔法を遥《はる》かに超える

②力神アークの力　超越能力値
全てのステータスがカンストする
人間の冒険者ではたどり着けない領域《りょういき》

③技神エレメンタの力　オールオートスキル
別名「万《まん》のスキル」
あらゆる状態異常の回避や戦闘補助のスキルをオートで発動する
そのスキルの数は万を超える

④獣神《じゅうしん》ザザの力　神獣の手綱《たづな》
全ての精霊、神獣《しんじゅう》を使役《しえき》できる能力
精霊、神獣たちと交信もできる

⑤女神イラリスの力　絶対回復
HP、MP、状態異常を全回復する『祈り』を使える
一定以上のダメージを受けない限り常に自動回復し続ける

「すごい……まさにチートスキル。逆にこんな力を持っている神たちですら勝てないのが魔王なのか」

「だーかーらー！　魔王は一人ずつ狙《ねら》って不意打ちしてきたんですって！　もう話ちゃんと聞いてて っ！」

「ああ、そうでしたね。だけど、確かにこれだけのチート能力があれば、僕でも修業すれば魔王を倒せるかも……」

「いや修業なんてしなくても五神の力があれば倒せますよ。さっきから言ってますよね？　疑ってるんですか？」

「そんなブチギレた目で見なくても……。神様たちの力を疑ってるんじゃなくて、僕自身が使いこなせるかどうかってことですよ」

「大丈夫です。修業なんていりません」

「でも、念のため……」

「もう……好きにしてください。というか、魔王討伐《とうばつ》の決心はついた、ということでよろしいんですね？」

「まあ……こんなにすごい力もらったなら、やるしかないかなと」

「さすが、頼まれたら断れない責任感の持ち主！　よっ、勇者アミト！」

「それって褒《ほ》めてますか？　悪口ですか？」

「勇者アミトよ。あなたなら必ず我々神の力で魔王を倒せると信じています」

「その急に冷静な口調になるのが怖いんですって」

「しかし、女神の力をもってしても蘇生《そせい》魔法だけはこの世界に存在しません。ああ、愛《いと》しの勇者アミト、愛する私のアミト！」

「さっき会ったばかりですよ」

「どうか魔王を倒したら、あなたの力で蘇生魔法を開発し、この私を生き返らせてください」

「そこは神々をじゃなくてこの私をなんですね」

「そして、また再会できたら……その時は私たちの愛を誓《ちか》う濃厚《のうこう》なハグをしましょう」

「そうですね」

蘇生魔法を開発しても、この女神を蘇生するかは要検討であるとアミトは冷静に思う。

「さあアミト、わずかに残っていた私の魔力もそろそろ底をつきます。その前に我々の世界に転生させましょう」

「はい！」


変わった女神だったけど、こんな自分でも誰かの役に立てるなら頑張りたい。

そんな決意を胸に、アミトは異世界へと転生する。

＊

数年後――

アミトは魔王を倒す。
神の力を駆使《くし》し、鍛錬《たんれん》により己《おのれ》を進化させ。
異世界を救った伝説の勇者となった。
そして、異世界に転生してからここまでの記憶を全て失った。
女神のことも、チート能力のことも、魔王のことも。
いわゆる、記憶喪失《そうしつ》である。

# 第一話「僕を雇ってくれませんか！」……

頭痛がする中、瞼《まぶた》を開けるとアミトは薄暗《うすぐら》いダンジョンにいた。

心臓がバクバクと鳴っている。

「ここは……」

グルグルと混乱する脳内をゆっくり落ち着かせながら、仰向けだった体勢を起こす。

「確か僕は……バイト中で」

だんだんと呼び起こされる記憶を辿《たど》り、この現状で自分に何が起こっているのかを把握《はあく》する。

「ああ、そうだ。刺《さ》されて」

多分、死んだ。

そう確信できるくらいの感覚が残っていた。

けれどゴツゴツとした灰色の地面から伝わる冷たさは生きているソレだった。

「ん？」

視線の右下からキラリと何かが反射する光が見え、アミトは手元を見る。

「こ、こ、こ、こ、これは!!」

剣だ。それも飛び切り強そうな。ゲームだったら最強武器に違いないほどのオーラを纏《まと》っている。まさに伝説の剣。

「はっ！　もしや……」

ダンジョンのような洞窟《どうくつ》。

死んだのに生きている感覚。

手元に伝説の剣（仮）。

この条件が揃《そろ》ったら、もうあれしかない。

「異世界転生！」

アミトのテンションは一気に爆上《ばくあ》げされた。

うだつが上がらない前世の人生。

それが今や手元には伝説の剣（仮）……いや、もう（仮）は外《はず》していいだろう。

異世界転生と言ったらオプションで強くなるのが世の摂理《せつり》。

（とうとう僕にも主人公らしい人生が訪《おとず》れたのか）

アミトはワクワクしながら剣を手に取る。

「よし、まずはダンジョン探索だ」

そして、自信に満ち溢《あふ》れた表情で歩き出した。

なんとなく感じていた、『見知らぬ場所で目覚める』という既視感《きしかん》を気にしないまま。

*

「あわわわ……やっぱり、本当にここは異世界なんだ」

アミトがダンジョンの通路をしばらく進むと、体長三メートルはあるであろう岩の巨人が闊《かっ》歩《ぽ》していた。

すぐに岩陰《いわかげ》に隠《かく》れたアミトは剣をギュッと握《にぎ》りながら考える。

（異世界に来て初見のモンスターがゴーレムって……）

ここが異世界のダンジョンならば、モンスターに出くわすこと自体は覚悟《かくご》していたアミトだったが、最初はスライムくらいが良かったというのが本音。

ただの居酒屋バイトだった元高校生男子にいきなり「ゴーレムと戦え」は少々、荷が重い。

けれど、しっかりと観察してみると割とオーソドックスなゴーレムでもある。

例えば、種族的に上位の亜種《あしゅ》ならば、色がもっと禍々《まがまが》しかったり、形がギザギザして歪《いびつ》だったりするはずだ。

（まあ、これは僕の勝手なイメージだけど）

その点このゴーレムは、色はゴーレムらしい土色。フォルムも磁石の棒人形に岩が吸着したような、至ってシンプルな姿をしている。

つまり、スライムほど弱くはないだろうが、上位亜種みたいな強さも持っていなさそう。ゴーレム以上でもゴーレム以下でもない、ＴＨＥゴーレム。

アミトは握っていた剣に視線を落とす。

刃が輝いていて相変わらずカッコイイ。

（目が覚めた時からこんな剣を標準装備していたんだ。異世界転生した僕は強いに違いない）

自分の力を試すにはむしろ、ちょうどいい相手かもしれない。

そう思い、アミトは大胆に岩陰から飛び出した。

すかさずゴーレムが赤い一つ目を光らせ、アミトを視認する。

『ウゴオォォ』

低い唸《うな》り声を上げて威嚇《いかく》するゴーレムは確実にアミトを敵と認識したようだ。

「頼むよ相棒。その力、見せてくれ」

グリップに力を入れ構えるアミトに、ゴーレムが肩を前に出し、突進してきた。

アミトはその動きに合わせて、剣をゴーレムの肩めがけて振りぬく。

「うおりゃあああ‼」

ガンッ‼

バリ――
バリバリバリバリ――
バリーンッッッ!!

見事に塵《ちり》となり粉砕《ふんさい》される。

剣が。


「えええええええええええええ!?」


ゴーレムがアミトを見つめる。

アミトもゴーレムを見つめる。柄《つか》だけの剣を持って。

そして一目散《いちもくさん》に逃げる。

『ウゴオオオオオオオオオオ』

「うわあああ!! これって伝説の剣的なやつじゃないのおおおおお!?」

追いかけてくるゴーレムから必死に距離を取ろうと走るアミト。その最中に先ほど自分が放ったセリフが脳内にこだまする。

『頼むよ相棒。その力、見せてくれ』

「恥ずかしいいいいいいいいいいいいいいい!!」

『ウゴオオオオオオオオオオオオオオオオ』

アミトは混乱していた。

(どういうこと? この剣が見かけ倒しで弱かったってこと? 僕の振り方が悪かったの? ていうかゴーレムってあんなに硬《かた》いの?)

幸いゴーレムはそんなに足が速くないらしく、一定の距離はキープできている。しかし、それに業を煮やしたのか、アミトの背後から自然物ではない音が聞こえてきた。

キュインキュインキュインキュイン――

嫌な予感がしてアミトが振り返る。

ゴーレムの赤い一つ目が眩《まぶ》しいほどに光っている。

(あ、これヤバいやつだ)

咄嗟にアミトは耳をふさいでその場に屈《かが》んだ。身を小さくしたところで回避できるものじゃないと頭ではわかっていても、それはほぼ条件反射だった。

キュチュドーン!!

ゴーレムの一つ目から渦《うず》を巻いた閃光《せんこう》がアミトに向かって放たれる。

《オートスキル　『絶対防壁』発動（古代語）》

アミトの背後に現れた見えない防壁により、ゴーレムの放った閃光が音も立てずに消滅《しょうめつ》していく。

その様子を目撃したゴーレムは体を固まらせた。

ダンジョンのガーディアンと呼ばれるゴーレムはモンスターの中でも知能が高い方の種族だ。

そして、このゴーレムは『オリジンゴーレム』と呼ばれる、ゴーレム種の最上位種である。

そのゴーレムが放った閃光魔法を見る影もなく消滅させる防壁魔法。

一瞬にしてゴーレムはアミトを警戒《けいかい》するべき相手と認識し、無闇《むやみ》な攻撃を控えた。

その結果、双方の間にわずかな静寂《せいじゃく》が生まれる。

そんな膠着《こうちゃく》状態の中、いつまで経ってもゴーレムの攻撃が届かないことを不思議に思ったアミトが意を決して振り返る。

そこにはもちろん固まったままのゴーレム。

アミトはゴーレムの姿を見て思う。

（な、舐《な》められてる……！）

（唯一の武器である剣は粉々《こなごな》にされ、ウサギのように逃げ回り、魔法らしき音に怯《おび》えて縮こまるような僕を相手に、このゴーレム、完全に舐めプしてきてる……！）

アミトを見つめ、一ミリも動かないゴーレムを前に、さらに確信する。

（ぷぷぷ、この人間どんだけ臆病《おくびょう》なんだ。キュインキュインって魔法打つフリしただけで怯えちゃって。そんなんでダンジョン潜《もぐ》るなんて草なんだけど。とか思ってるんだ！）

一方でゴーレムは、振り返ったアミトに警戒を続けていた。

物理攻撃は剣でしのがれ、魔法攻撃は全く通用しなかった。いや、しかし物理攻撃をしのいだ剣はすでに粉砕《ふんさい》されている。ゴーレムの次の手が決まった。

ゴーレムが肩を前に出し、再び突進の構えをする。

それを見てアミトは腰をついたまま、絶望する。

（さんざん舐めプして怯えさせてから、結局、最初の攻撃でトドメを刺すなんて、なんて性格の悪いゴーレムなんだ。くそ……この場を打破する何かチート的なスキルとか僕にないのか）

ゴーレムが足の先を地面にめり込ませ力を溜《た》める。

（やばいやばい。異世界転生したらすぐまた死にましたじゃ、笑い話にもならない）

そして、岩でできた巨大な足がダンジョンの土を蹴《け》り上げたその瞬間だった。

アミトの脳内に既視感のある映像が流れる。薄《う》っすらとモヤがかかっているが、確実に体が覚えている、そのような感覚。自分が魔法を放っている姿が浮かんでくる。

（もしかして、これが魔法を使うって感覚なのか……。やっぱり僕は魔法を使えるんだ。よし……こうなったら一か八か）

アミトは心を無にしてその感覚に身を委《ゆだ》ねた。

そして自然と詠唱《えいしょう》していた。

「ファイアボウル！」

アミトの左手から放たれた特大の火球が突進を始めたゴーレムに直撃する。

『ウゴオオオオオオオオオオ』

ゴーレムの体が炎に包まれドロドロに溶けていった。

なんとか危機を逃れたアミトは自分の左手を見つめ、息をのむ。

魔法が使えた。

何の取りえもなかった自分が。

魔法……魔法……。

（って……ファ、ファ、ファ、ファイアボウル⁉　今、僕ファイアボウルって詠唱してた⁉

ファイアボウルって、あの魔法使いなら恐らくレベル１で覚えているであろうファイアボウル⁉　なんなら魔法使い以外の職業でも覚えられそうな初期魔法のファイアボウル⁉　咄嗟《とっさ》に出た切り札的な魔法がファイアボウル⁉）

右手に刃の砕《くだ》かれた剣。左手から咄嗟に出たのは誰もが一度は聞いたことのある魔法、ファイアボウル。

アミトは冷え切ったダンジョンで、あることを確信するのであった。

（あれ、もしかして僕、異世界転生したのに弱い……？）

＊

数時間後。

ダンジョンを一〇階層分ほど上って、アミトはようやく地上に出た。

ダンジョン内では最初に会ったゴーレム以外にも様々なモンスターと出くわしたが、なんとかファイアボウル一本でやり過ごすことができた。

ダンジョンの外は深い霧《きり》に包まれた森林で、未だ油断はできないと思いつつ、アミトはとにかく前に進むことにした。さすがに森を抜ければ町くらいあるだろうという希望的観測《かんそく》の下に。

「あのゴーレムは炎が弱点だったのかな。それにしても、他のモンスターもただのファイアボウルで簡単に倒せたってことは、攻略難易度は低いダンジョンだったんだろう。不幸中の幸いだ」

そんな独り言を言いながら歩いているとだんだんと霧が濃くなってくる。

《オートスキル　『毒化無効』発動　（古代語）》

「ああ、まただ。たまに聞こえるよくわからない言語の声。絶対これって呪《のろ》いだよ。僕、異世界転生して初期魔法しか覚えてない上に呪いもかかってるのか……はあ」

猛毒の霧を深く吸い込んでから、ため息を吐くアミト。

ため息ついでに、捨てられず持って来てしまった刃のない剣を見る。

「この剣を見た時がテンションのピークだったな……はあ」

二度目のため息。

霧が深くなってからちょくちょくと出現するスライムをファイアボウルで倒しつつ、そのまま歩いていると、わずかに川の流れる音が聞こえてきた。

数時間水分補給もできず、喉《のど》が渇いていたアミトは音を頼りに霧の中を進む。すると、徐々に霧が晴れていき、森の中の小さな河原にたどり着いた。

アミトはほとりの大きな岩に腰を下ろして、川の水を手ですくう。

濁《にご》りの一切ない透き通った川水。しかし、それは霧の影響を受けた猛毒水だ。

ゴクゴク――


《オートスキル『霊薬《エリクサー》精製』発動(古代語)》

「ぷはあっ。生き返る～！」

元猛毒水であった『霊薬』を、カラカラだった喉に流し込み、文字通り心身ともに生き返ったところで、ようやく近くに人がいたことにアミトは気付く。

「わっ。あ、すみません、うるさくしちゃって」

綺麗《きれい》な女性だった。歳はアミトより少し上だろうか。成人はしてそうだ。

長身で腰の位置が高い。スラリとした体型であるのに出るとこは出ていて、ＳＮＳならインフルエンサーとしてすぐにでもバズりそうな美人。

「……」

女性は黙《だま》ったまま、切れ長な目でアミトの手元を見つめる。

アミトはその視線が何に向けられているかすぐに察《さっ》し、刃のない剣を胸の位置まで持ち上げた。

「ああ……これ、そこのダンジョンでゴーレムと戦っている時に刃が粉砕しちゃって」

「……そこのダンジョンに入ったのか？」

「はい。ゴーレムって思ったより硬いんですね」

「……」

「でも元は立派そうな剣だったんですよ」

「知っている」

「え？」

「私が持っていた剣だからな」

「……ええ!?　こ……この剣、お姉さんが使っていたものなんですか……？」

「使っていたというか、代々受け継がれてきた家宝だ」

「かかかかかかかかか家宝」

既にアミトの頭からは湯気が上がっていた。

しかし、思考ショートしている場合ではない。

「すみません!!　そうとは知らず、勝手に使った上に大事な家宝を壊してしまって……！

弁償《べんしょう》します!!」

「弁償と言っても、価値的には相当なものだぞ」

「と、言いますと……どれくらいになるのでしょうか」

「屋敷《やしき》が買える」

「ややや屋敷」

「庭付き」

「にににに庭」

「メイドと執事もいる」

「いいいいいいたれりつくせり」

「頼んだぞ」

「はわわわわわわ」

アミトは白目をむいて泡《あわ》をふく。

「とりあえずそれは返してもらおう」

「は、はいぃ」

ガタガタと震える手で剣を元の所持者に返したアミトは、最悪のタイミングでグウゥと腹を鳴らした。間が悪いとはこのことだと自分を呪う。

「なんだ、腹が減ってるのか？」

「すみません……こんな状況で」

「うちの店に来るか」

「店？」

「酒場だ。営業は夜からだから、腹が減ってるなら何か作ってやる」

「いや、でもそんな。家宝を壊しちゃったのに食事までご馳走《ちそう》になるわけには」

「なるほど、逃げる気だな」

「いやいや、そんなことありません！」

「じゃあ、黙ってついてこい。腹を空《す》かした子供一人に飯を出せないほどうちの店は窮乏《きゅうぼう》していない」

「は……はい。ではお言葉に甘えて」

（酒場か……バイトを思い出すな。あっ、そうだ！）

アミトはあることを思いつき、ダメもとで切り出してみる。

「僕を雇《やと》ってくれませんか！」

「雇う？」

「はい。正直、お金を返せるアテがなくて……でも飲食店で働いていた経験はあるので、バイトとして多少は役に立つかと」

「バイトか……。じゃあ、メシついでに面接してやる」

「本当ですか!?　ありがとうございます！　そういえばお名前をまだ聞いてませんでした」

「ロッテだ。おまえは？」

「僕は……」

一瞬フルネームを言おうとしたところで、アミトはここが異世界だということを思い出した。日本の名前がこの世界でどれだけ珍しいかもわからない。変に怪しまれないよう彼女に合わせて、自身も短く覚えやすいファーストネームだけを告げた。

「アミトです」

＊

酒場の店主ロッテ・アドノールは、危険区域である森の奥から突如《とつじょ》として現れた胡乱《うろん》な少年を訝《いぶか》しんでいた。

この森は河原を境《さかい》に濃い猛毒の霧が発生しているため、毒耐性のないA級冒険者以下の人間は立入禁止となっている。さらに、奥のダンジョンには最上位クラスのモンスターが生息しているため、S級冒険者ですら踏《ふ》み入ることが困難とされている危険な場所だ。

しかし、アミトと名乗るこの小さな少年は、そのダンジョンでオリジンゴーレムを倒したと言った。ダンジョン内でも最強格《さいきょうかく》のオリジンゴーレムを、だ。

それも聞くところによると炎属性《ぞくせい》の魔法で倒したらしい。

オリジンゴーレムの弱点属性は雷。炎属性での魔法攻撃はむしろ効果半減の悪手《あくしゅ》である。

よほどの火力を出せる手練《てだ》れのＳ級魔法使いなら炎属性の魔法でオリジンゴーレムを溶かすことも可能ではあるだろうが、この少年がそのクラスの魔法使いには到底見えない。そもそもオリジンゴーレム相手に炎属性の魔法を使う無知蒙昧《むちもうまい》なＳ級魔法使いがいるわけない。

そして、もう一つ気になるのが、彼の持っている刃のない剣だ。

アドノール家の家宝、神竜《しんりゅう》の剣《つるぎ》が納屋《なや》から消えて数日。なぜこの少年が剣を持っていたかも探る必要があるが、それ以上に、伝説の勇者が使っていたと言われる砕けるはずのないこの剣が、刃のない状態になっていることが理解しがたい。

確かにオリジンゴーレムは物理攻撃が一切効《き》かず、その外皮の硬度はオリハルコンを超えるとも言われている。

だが、この剣に使われている素材は希少なヒヒイロカネと神竜の鱗《うろこ》。どちらも硬度はオリハルコンの倍以上ある。オリジンゴーレムの外皮は裂《さ》けなくとも、反動で刃が砕けることは決してないはずだ。

もしあるとするならば、使用者の力そのものに、剣が耐えられなかった……か。

ロッテは細い目でアミトの腕を見た。

小さく華奢《きゃしゃ》な体の割に、腕の筋肉は引き締まっているように見えるが……やはり猛者《もさ》に分類されるような冒険者には思えない。

（いったい何者なんだ、この少年は）

ただ、ロッテがアミトと出会ってからずっと感じていた印象を一つ述べるとしたならば。

（悪い奴ではなさそうだ）

幾人《いくにん》もの酔っぱらいを見てきた酒場の店主の見解である。

# 第二話「ようこそ、『夕闇の宴』へ！」

森を出た先には巨大な塀《へい》に囲まれた街があった。

街に入るためのゲートをくぐってすぐ見えるのは中央に位置する時計台。

街の端《はし》からでも視界《しかい》に入るくらい背が高い。

街並みはアミトが前世で想像していた異世界そのもの。エルフのような耳の長い女性もいれば、ドワーフのような背の低い屈強《くっきょう》な男性もいる。みな冒険者なのか、街にいる人々はほとんどが鎧《よろい》や剣《けん》で武装していた。

「わあ、すごい！　まさに憧《あこが》れていた世界だ！」

「なんだ、国境《アルバラン》なき街は初めてか？」

街の様子に逐一《ちくいち》リアクションを取るアミトに、ロッテが聞いた。

「あ、はい」

「珍《めずら》しいな」

（珍しいってことは有名な街なんだろうか。賑《にぎ》わい的に大都市って感じだし。田舎者《いなかもの》を装《よそお》えば怪しまれないかな）

「えーっと、田舎から出てきたもので」

ロッテは表情を変えずにアミトを見つめる。

「そういえば金のアテがないと言っていたがクエストをこなして稼《かせ》ぐのも手だぞ。田舎からこっちに出てきたということはアルバランの冒険者ギルド目当てで来たんだろう?」

「冒険者ギルド?」

「なんだ、それも知らないのか? あそこに時計台が見えるだろ。そこの一階に世界冒険者機構が運営している大冒険者ギルドが設置されている。それでこの街には世界各国の冒険者が集まっているんだ」

(それで武装した人が多いのか。というかロッテさんのこちらを見る目が怖《こわ》い。さすがにこの世界のことに無知すぎて警戒《けいかい》されてるかも)

「そうでした! その、冒険者に憧れてこの街に来たんでした!」

(まあ、本当に僕が冒険者になったところで、初期魔法だけで通用するクエストの報奨金《ほうしょうきん》なんてたかが知れているだろうけど)

「そうか」

「はい」

「つまり、今は冒険者ですらないと……」

「え? どういう意味ですか?」

「なんでもない、気にするな。ほら、こっちだ」

強引に話を切り上げ、ロッテはアミトを先導して、人けのない路地裏《ろじうら》に入った。

（ロッテさんのやってる酒場って、こんな人通りの少ない場所にあるのかな？）

さらに路地裏を進むと、とうとう行き止まりになった。

あるのはレンガでできた壁に、裏口として使われていそうなサビた扉《とびら》だけ。

「そこの扉だ」

「え？　でも看板も何もないですよ」

いくら営業前とはいえ、酒場の入り口には見えない。

「ああ、うちの店は……」

ロッテが説明をしようとしたところで、二人のそばに大きな紙袋を抱《かか》えたショートカットの少女が現れた。

「マスター、お疲れ様です」

笑顔でやってきた彼女は、クールなロッテと対照的に柔《やわ》らかな印象がある。

「ああ、ナーナか。早いな」

「スフィアちゃんに仕込みの手伝い頼まれてて」

ナーナと呼ばれた少女がロッテに抱えていた紙袋を見せる。食材が入っているようだ。

「ご苦労だな」

「それより、そっちの男の子は？」

ナーナがアミトを見る。

その瞳《ひとみ》にアミトは一瞬《いっしゅん》にして心奪《うば》われた。

宝石のような青い瞳。桃色《ももいろ》の頬《ほお》。透明感のある肌《はだ》。

美少女を体現したかのような存在。

アミトは慌《あわ》ててナーナに自己紹介をする。

「あ、あ、あ、あ、あ、あびび」

「あびび？」

そして盛大に噛《か》んだ。

顔を真《ま》っ赤《か》にしたアミトの代わりにロッテが答える。

「アミトだ。うちの家宝を粉々《こなごな》にした大罪人《だいざいにん》だ」

「え？」

宝石のようだったナーナの瞳が曇る。

「あっ、いや、その……！　はい、大罪人です」

（事実すぎて何も言えない）

動揺《どうよう》するアミトを見て楽しそうに微笑《びしょう》しながらロッテは続ける。

「クク。まあ悪い奴ではない。腹が減ってたみたいだから連れてきた」

そんなロッテにナーナが呆《あき》れた素振《そぶ》りで、

「そんな捨て犬を拾ってきたみたいなテンションで……新手の誘拐《ゆうかい》とかじゃないですよね？」

「人聞きの悪いことを言うな。あと、うちで働きたいらしい。メシのついでに面接する」

「なんだ、新人さんか」

「まだ決まりじゃない」

「でも、マスターが悪い人じゃないって言うなら信用できますね」

そう言って、ナーナは優しく微笑《ほほえ》んだ。

「アミト、こいつはうちの従業員のナーナだ」

「ナーナです。よろしくね」

「はい！　アミトです、よろしくお願いします！」

今度こそしっかりと自己紹介ができたアミトはナーナの両手がふさがれていることに気付くと、ロッテに言われた扉の前まで行き、鉄製の取っ手に手をかけた。

「店の入り口ここですよね！　どうぞ」

そしてギイイと音を立てて扉を開く。

《オートスキル　『結界解除《けっかいかいじょ》』発動　（古代語）》

扉を開けるアミトを見てナーナはロッテに聞く。

「あれ、アミト君にもう結界解除のマジックアイテム渡してるんですか？」

「いいや。だから、あの先は地下の店に続く階段ではなく、結界の効力でただの物置小屋になっているはずだ。ちょうどうちの店の仕様について説明しようと思っていたところだったんだがな」

――

「わあ、すごい！　この階段の下にお店があるんですね！　秘密基地みたい！」

「あれ？」

「ん……？」

ロッテとナーナは首を傾《かし》げながらアミトの背後に回る。

扉の先は、間違いなく地下に続く階段があった。

ナーナはアミトに聞こえないほどの声量でロッテに言う。

「もしかして、アミト君ってS級冒険者なんですか？」

「……違う。冒険者ですらない。自称だが」

「じゃあ、結界魔法の効力切れちゃってますね、これ」

「そのようだな。あとで張り直しておくか」

二人の会話の内容も知らぬままアミトは階段を下った。

そして、正真正銘《しょうしんしょうめい》、酒場の入り口の前にたどり着く。

『夕闇《ゆうやみ》の宴《うたげ》』

入り口に掲《かか》げられた店名だ。

ここがロッテが経営する隠《かく》れ家《が》酒場である。

＊

「S級冒険者がお忍びで集まる隠れ家酒場⁉」

「そう。冒険者の中でも限られた猛者《もさ》であるS級冒険者。世界各国の冒険者が集まるこのアルバランでは彼らの顔は有名すぎて、ゆっくりとお酒を飲むこともできないの。そんなS級冒険者の為《ため》にマスターが作ったのが、この『夕闇の宴』なのよ」

「かっこいい……」

酒場のカウンター席に座って、ナーナの説明を聞くアミトは、出されたまかない料理を食べながら感嘆《かんたん》の声を上げた。

「一見《いちげん》さんはお断り。それがお国の重鎮《じゅうちん》さんであってもね。逆にそれ相応の身分で、紹介さえあれば冒険者じゃなくても入店できるわ。けっこう大事な取引や会食なんかにも使われるのよ」

「それで、こんな人けのない路地裏にあるんですね」

「プラスして入り口にはマスターがちょっとした細工をしてるの。アミト君が開いた扉があったでしょう？　あれにはマスターの結界魔法が張られていて、S級冒険者の持つ結界解除のスキルがないと扉を開けたところで、あるのはただの物置小屋。地下に続く階段は視認できないようになっているのよ」

「え、でも僕が開けた時は普通に階段がありましたよ」

「多分、結界魔法の効力が切れていたのね。今、マスターが外で結界を張り直してるわ」

「ああ、そういうことか。……っていうことは普段から出入りできるナーナさんもS級冒険者⁉」

「まさか。マスターが結界解除用のマジックアイテムを用意してくれてるのよ。下の扉の鍵《かぎ》にもなってるの」

そう言ってナーナは何の変哲もない銀色の鍵をアミトに見せた。

「なんだ、なるほど」

（居酒屋バイトでも店の鍵もらってたもんな）

「アミト君いい子だから、マスターも気に入ってると思うわ」

「そうですかね」

（ナーナさんを見てるとバイト先の優しかった先輩《せんぱい》を思い出すな。お姉さんって感じだ）

「そういえばアミト君っていくつなの？」

「僕は十七歳です」

（死んだ時の歳だけど、まあさっきトイレ借りた時に鏡見たら全く容姿《ようし》変わってなかったし、そのままでいいだろう）

「え⁉　ごめん年下だと思ってた。同い年なんだ」

「え⁉　同い年⁉」

「十四歳くらいかと思ってた……ごめんね」

（そんなに子供に見える⁉　そういえばロッテさんにも腹の空かした子供なんて言われてたな。ていうか、ナーナさん、こんなしっかりしてるのに同い年なの⁉）

「いえ、まあ昔から童顔《どうがん》とはよく言われるので」

「あれ……ていうか同い年って聞いてアミト君も驚いてたってことは、もしかして私のこと年上だと思ってた？」

「あっ！　いや、違うんです！　その、ナーナさん大人びているというか、しっかりしてるし」

「つまり、違わないじゃない」

「ああ、すみません……！」

「あはは、冗談。ていうか敬語やめてよ。同い年なんだから」

「でも、もし働くことになったら一応先輩になりますし」

「まだ、年上扱《あつか》いする気?」

「すみません! ……じゃなくて、ごめん! わかった、敬語やめるね」

「よろしい」

(かわいい)

アミトはイタズラなナーナの笑顔に内心キュンキュンしっぱなしだった。

*

酒場に続く路地裏の扉を見ながらロッテは蹲踞《しゃが》んでいた。

扉の隅々《すみずみ》まで入念にチェックし、顎先《あごさき》を指でなぞってからおもむろに立ち上がる。

(やはり……結界は切れていない)

確かに持続系の魔法は最初に大量の魔力を供給しそれを少しずつ消費していくので、いつかは効力が切れるものではある。

しかし、前回結界を張り替えてから効力が切れるには、まだ早すぎる。

結界を張っている張本人のロッテはなおさら、その違和感を覚えていた。

（アミトが結界解除のスキルを使ったか）

結果を語れば、それが一番自然な答えとなる。

（あの少年、ますます気になるな）

冒険者ではないという本人の言葉を信じるならば辻褄《つじつま》が合わないことになる。ロッテが抱えていたアミトに対する胸中の疑団《ぎだん》はさらに大きくなった。そして、それは不審《ふしん》ではなく興味《きょうみ》に変わってきていた。

ロッテはそのまま扉を開け、地下に続く階段を下りていった。


「マスター、結界どうでした？」

「ああ、張り替えておいた」

「ご苦労様です」

ナーナが戻ってきたロッテに言う。

ちょうど食事を終えたアミトと一緒にカウンターでお茶をしていたところだ。

アミトもロッテの姿を確認すると、椅子から立ち上がり、

「ご飯美味《はんおい》しかったです。ごちそうさまでした」

「ああ。そのまま面接するぞ」

「えっ！　あ、はい！」

ドスンとアミトの隣に座るロッテ。

「おまえ、田舎《いなか》から出てきたんだったな。住む場所は？」

「えーっと、まだ決まってないです」

「この建物の二階に使ってない部屋がある。そこに住め」

「はい……え？」

「借金と家賃《やちん》については賃金《ちんぎん》から生活費分を残してこっちで差し引いておく」

「ってことは」

「今日の夜から働いてもらうぞ」

「ありがとうございます!!」

「ナーナ、指導任せたぞ」

ロッテは言うなり席を立ち、厨房《ちゅうぼう》に向かった。

「よかったねアミト君」

「うん。……っていうか今の面接になってる？」

「だから言ったでしょ、気に入られてるって。ハナから採用する気だったのよ」

「うーん、そうかな。そんな感じでもない気がするけど」

二人で話しているとロッテが厨房から顔を出す。

「一つ言っておくがまだ仮採用だ。客に気に入られなければ、今夜で辞《や》めてもらうからな」

「は、はい！」

（やっぱり、そんなとんとん拍子には行かないか。居酒屋のバイトとは勝手が違うかもしれないけど、がんばらなきゃ）

ともあれ、ひとまずは異世界生活で野垂《のた》れ死《じ》にすることはなさそうだと、アミトは一安心した。

＊

この世界で六割の領土を占める四大国『ジータニア』『ゴルドラン』『ヒルダホームズ』『クルッセル』。

その中央に位置するのが、各国の冒険者が集まる大都市アルバランだ。

街自体はどこの国の領土でもなく、冒険者支援団体『世界冒険者機構』による独立した自治体となっているため『国境《こっきょう》なき街』とも呼ばれている。

隣接《りんせつ》する四大国にはそれぞれアルバランに入るためのゲートがあり、街の中には四大国それぞれの大使館も存在する。各ゲートが関所《せきしょ》の役割を担《にな》っているというわけだ。

街の中央には大冒険者ギルドが存在するため、多くの冒険者クランがアルバランを活動の拠《きょ》点《てん》としている。駆け出しのルーキークランもあれば、S級冒険者のみで形成された精鋭《せいえい》クラン、未開ダンジョンの探索を目的とした大規模なクランと、その形態《けいたい》は様々《さまざま》だ。

もちろん冒険者が集まれば商業や工業も栄《さか》える。各国の商人や腕利《き》きの鍛冶職人《かじしょくにん》も集まり、世界のあらゆる情報はアルバランで交わるといわれている。

そんなアルバランの夜は明るい。

ダンジョンから帰ってきた冒険者、仕事を終えた職人、はたまた大冒険者ギルドの役人も、一日の締《し》めくくりに酒場へくりだす。

街頭《がいとう》には音楽家たちが奏《かな》でる陽気《ようき》な演奏が響《ひび》き、美しい踊り子たちの舞が宴席《えんせき》を彩《いろど》る。

国籍《こくせき》も種族も身分も関係なく人々は肩を抱き合い、歌い、笑い転げる。

その笑い声が届かないほどの路地裏にひっそりとランプが灯《とも》っていた。

ランプの照らす寂れた扉の奥。さらにその地下。

そこでは遠く聞こえなくなっていたはずの笑い声が、響き渡っている。

S級冒険者たちの笑い声である。

「いやー、今日のバジリスク戦は久々に燃えたなあ」

「あれくらい強いモンスターって先月のベヒモス以来か？」

「そうだな。やっぱり八〇階層《かいそう》を超えるとモンスターの質がグンと変わるよな」

「毒攻撃しつこかったしな」

「それな！　ガハハハッ」

四人の冒険者で賑わうテーブル席の上には樽状《たるじょう》のジョッキに酌《く》まれた大量の酒が並ぶ。そこにスパイスの香りが漂《ただよ》う豪快《ごうかい》な肉塊《にくかい》が追加された。

「お待たせしました。えっと、ホーンラビットの香味《こうみ》焼きです！」

冒険者たちはやってきたご馳走《ちそう》に「きたきた」と舌なめずりをし、ナイフとフォークに手を伸ばす。そして、料理を持ってきた少年を見て、見知らぬ顔だと気付く。

「あれ、知らない顔だ。坊主、新人か？」

「はい、アミトと言います！　よろしくお願いします」

アミトは元気よく挨拶《あいさつ》をして頭を下げる。居酒屋バイト仕込みの愛嬌《あいきょう》だ。

アミトの接客が心地よかったのか冒険者も上機嫌《じょうきげん》に応《こた》える。

「マスターが新人採《と》るなんて珍《めずら》しいな。よし、じゃあアミト。このゴルドランエールのおかわりもらえるか？　四杯ね」

「はい、よろこんで！」

「あはは、注文しただけで喜ばれたの初めてだよ。がんばれよ、新人」

「ありがとうございます！」

受けた注文をメモして、アミトは厨房に帰っていく。

（確かに異世界で日本の居酒屋みたいな接客って珍しいのかも）

なんてことを思いながら、注文のゴルドランエールを用意する。四大国の一つゴルドランで作られる有名な麦酒《ばくしゅ》だ。

「アミト君、いい感じだね」

「ナーナさん。うん、なんとかナーナさんたちの迷惑にならない程度には」

「むしろ大助かりよ。厨房担当のスフィアちゃんが無断欠勤《むだんけっきん》するからマスターが厨房に回っちゃって。アミト君がいなかったらと思うとゾッとするわ。本当にあの子は……私に仕込みの手伝い頼んでおいて自分が来ないんだもん」

「あはは、役に立っているようで良かった。そういえば冒険者のお兄さんたちが言ってたんだけど、ダンジョンの八〇階層より先ってやっぱりすごいの？」

「そうね、彼らＳ級冒険者の一つ下のランクがＡ級冒険者なんだけど、そのＡ級冒険者たちがギルドから許可されている階層区域《くいき》ってどれくらいかわかる？」

「うーん、それこそ八〇階層超えるとモンスターの質が変わるって言ってたから、そこまでとかかな？」

「三〇階層よ」

「ええ⁉　Ａ級冒険者で三〇⁉」

「モンスターの質で言うなら、一般人からしたら三〇超えた時点で既に別次元なのよ」

「ひえぇ……さすがＳ級冒険者」

「ダンジョンの攻略難易度にもよるけど、どのダンジョンも三〇超えたら危険と思っていいわね」

（僕が最初にいたとこなんて難易度が低いダンジョンの一〇階層くらいだったし、S級冒険者たちが行ってるダンジョンの八〇階層なんて本当に世界が違うんだろうな……）

改めてこの酒場に集まっている冒険者たちのレベルを思い知らされたアミトは、ジョッキに酒を注ぎながら、自分の異世界ライフで冒険者の道を目指すのは諦《あきら》めようと密かに決意していた。

一方で、アミトの運んだ料理を食べながら四人のS級冒険者たちは談笑《だんしょう》を続けていた。

「そういや、おまえ霧《きり》の森のダンジョン行ったんだって？」

「ああ、カプレカ団のクランにどうしてもって頼まれて、まあ護衛料《ごえいりょう》もよかったしな」

「カプレカ団ってダンジョン探索《たんさく》に力入れてるあの大規模クランか。それで、どうだった？　あのダンジョンは」

「あれはダメだ。入っちゃいけない。一階層下るたびに普通のダンジョンの三〇階層分くらいレベルが変わる。三階層の時点で今日のバジリスクなんてかわいいもんだって思えるほどのモンスターが出てくるぜ」

「マジかよ……やべーな」

「さすがにカプレカ団もすぐ撤退《てったい》したよ。俺はちょっと残って五階層まで潜《もぐ》ってみたんだが……オリジンゴーレムがいやがって、すぐ逃げてきた」

「オリジン……始祖族《しそぞく》モンスターって奴か」

「ああ、始祖族は間違っても手出しちゃいけねー。あんなんが五階まで上がってきてるのも意味わからんがな。規格外すぎるわ、あのダンジョン」

「あそこに潜れんのは最強クランの『鋼鉄』くらいか」

「あるいは『鋼鉄』でもどうかってとこだな」

「経験者は語る、だな」

カランカラン――

「お……噂をすれば」

酒場の扉が開かれ、団体客がやってきた。

全員統一された赤褐色のエンブレムを左肩に付けている。

ドアベルの音に厨房からロッテが顔を出す。

「いらっしゃい」

「よう、マスター。邪魔《じゃま》するぜ」

団体の先頭に立っていた黒髪の男が片手を上げて応える。アーマーから覗《のぞ》くその手は丸太のように太く筋肉質だ。それでいて身長もあるため一見スリムにも見える。

（バレーボール選手みたいだ）

なんて呑気《のんき》なことを思っているアミトに、ナーナが耳打ちした。

「アルバラン最強のクラン『鋼鉄』よ」

「最強のクラン⁉」

思わずアミトは声を上げてしまう。

最強のクランなんて言われれば無理もない。最強、それすなわち全男子の憧れなのだ。

そんなアミトの声に『鋼鉄』のメンバーが一斉にアミトを見た。

その中でも一際《ひときわ》目立っていたのがオレンジの髪色をした女性だ。ロングヘアを頭頂部で綺麗《きれい》にまとめた艶《つや》やかなポニーテール。モデルのようなスタイルをしているが、よく見ると筋肉が引き締《し》まっていて、それがまた美しい。

店内をパッと明るくさせるようなオーラを纏《まと》った彼女は、アミトを見るなり、

「あれ！　知らない男の子がいる！　誰？　かわいいかも！」

と、その場でぴょんぴょんと跳《は》ねた。

そして小走りでアミトのいたカウンター席の方まで来て、さらにテンションを上げる。

「ねえねえ、新人？『夕闇の宴』に新人なんて珍しいね！　でも、子供に酒場は早いんじゃないかな？　ボクお名前は？」

まくしたてる女性を前に動揺《どうよう》しながら、アミトは妙な既視感《きしかん》を覚えていた。だが、その正体はすぐに判明する。前世で通っていた高校の最上位カーストに君臨《くんりん》していた女子だ。一度ＳＮＳのショート動画を一緒に撮《と》ろうと話しかけられたことのある女子。真のカーストトップ

美少女はカースト下位にも分け隔《へだ》てなく話しかけてくれる、実はいい奴っていう、あの感じ。

まさにそれを思い出していた。

呆気《あっけ》に取られているアミトの代わりに、ナーナが割って入る。

「ミレイユちゃん、いらっしゃい。この子は新人のアミト君よ」

「アミト！　かわいいね！　タイプかも！」

まるで犬のようにはしゃぐミレイユの姿に、アミトもだんだんと慣れてきたのか、平静を取り戻しつつあったが、横にいたナーナの雰囲気《ふんいき》がなんだか少し変わっていることに気付く。

「タイプ……ねぇ。ミレイユちゃん、一つ言っておくけれどアミト君は私たちと同い年なのよ？　子供扱いはちょっと失礼じゃないかな」

ちなみにこの世界での未成年の定義は十五歳未満。アミトたち十七歳は飲酒も許された立派な成人だ。

「あれ、そうなんだ。じゃあなおさら恋愛対象に入るね！」

「はい？」

「うん？」

「うちはお客様と従業員の恋愛は禁止なので」

「えー！　マスターそうなの？」

「いんや」

引っ込めていた顔を再び厨房から出してロッテが答える。

「マスター!!」

ナーナがキレる。

（ナーナさん、なんでこんなに怒ってるんだろう）

そして何かに気付くミレイユ。

「あ、ふーん。そうか。へえ、ナーナ、そういうことかあ」

「何か？」

「べっつに〜」

「はいッ四名様お通ししまーすッ!!」

あの温厚そうなナーナとは思えないような太く大きな声の案内に、アミトはなぜか小さく拍手した。

（おお、居酒屋バイトにいたベテランの先輩を思い出す。僕もナーナさんに負けないくらい元気に接客しよう）

＊

「アミトー、エール一杯！」

「こっちはシレン酒を頼む！」

「シースライムの墨《すみ》パスタくれーアミト！」

あっという間にアミトは酒場の人気者となった。

新人という物珍しさもあるのだろうが、何よりアミトの真面目《まじめ》さと、元気よく接客するという姿勢が、冒険者たちの心を摑《つか》んだ大きな要因と言えよう。

中でも最強クラン『鋼鉄』のテーブルからは、

「アミトー、スマイルちょうだい！」

「はい！」

ニコリ。

「かわいい！」

まるでマスコットのような扱いをされる始末。もちろん、声の主はミレイユだ。

そんな店内の様子を見ていたロッテが食器を下げに来たナーナに言う。

「冒険者から受け入れられたようだな」

「ですね。少々気に入られすぎな気もしますが」

「ふっ。おまえからも偉《えら》く好《す》かれたようだ」

「ちょっと、どういう意味ですか。確かにアミト君はいい子だと思いますけど、別に変な意図はないですよ。それにマスターだってアミト君のこと気に入ってるじゃないですか。今まで新人なんて採ったことないくせに」

「アルバランは曲者《くせもの》が多いからな。あそこまで素直な人間は珍しいだろ？」

「それは……確かに」

「まあ、なんにせよ、あの様子なら問題ない。本採用でいいだろう。今日みたいなバカの無断欠勤があった時はアミトがいるとこっちも助かる」

「そこに関しては完全に同意です」


知らぬ間に本採用が決まっていたアミトは、エールの入ったジョッキを両手に八杯分抱え、『鋼鉄』のテーブルまで持っていく。

「お待たせしましたー」

「きたきたー！　ってアミトすごっ！　どうやって持ってんのそれ⁉」

「おい、ミレイユ、そんな逐一《ちくいち》アミトに絡《から》むな……って、確かにすごっ！」

来店時に先頭でロッテと挨拶を交わしていた黒髪の男も、アミトが一度に持ってきたジョッキの数に目を丸くする。

「そうでしょフライト。うちのアミトすごいのよ」

「いつからおまえのアミトになったんだよ。悪いなアミトいちいち、うるさくて」

「いえいえ、褒《ほ》めてもらって嬉しいです！」

黒髪の男はテーブルに置かれたエールを受け取り、改めてアミトを見る。

「俺はフライトだ。どうだ、この酒場は？」

「みんな優《やさ》しくて、とっても働きやすいです」

「それは、よかった。俺たちS級冒険者は顔を指されやすくてな。ここだとゆっくりできて、マスターには感謝してるんだ」

「みなさんこの酒場がお好きなんですね」

「ああ。だけどマスターは怒ると怖《こわ》いから気を付けろよ」

『聞こえてるよーっ』

「やべっ」

「あはは……」

(なんとなくマスターが怖いのは察せる)

これも聞かれそうなのでアミトは心の中で相槌《あいづち》を打つ。

「そういえばまだ歓迎《かんげい》の言葉を言ってなかったな」

ふいにフライトが言った。

「なあ、みんな！」

そして席を振り返って、酒場全体に聞こえるように扇動《せんどう》した。

店内の客は全員、何かを察したようにニカッと笑う。

そして、各々の酒を片手に、アミトの方を向いて声を揃《そろ》えた。


「「「ようこそ、『夕闇の宴』へ！」」」


その居心地《いごこち》の良さにアミトは居酒屋で働いていたころの懐《なつ》かしさを感じた。

転生した初日なのだから、居酒屋でバイトしていたのは、つい数時間前のことであるはずなのに。

なぜかとても遠い記憶のような懐かしさを。

アミトはそれがなんだか嬉《うれ》しくてたまらなかった。

こうして、冒険者で賑わう異世界の夜はふけていく。

# 第三話「あれ、気のせいかな？」

魔王が勇者に討伐《とうばつ》されてから百年。

魔王軍だけに注力されていた冒険者たちの兵力は、防衛《ぼうえい》が手薄《てうす》で野放《のばな》し状態になっていた地方のモンスター被害《ひがい》や、そのモンスターの発生源といわれる未開のダンジョン探索《たんさく》へと分散されるようになった。

そのおかげで、物流の安全性が確保されたり、ダンジョンから新種の鉱石《こうせき》が発見されたりと、経済発展の基盤《きばん》ができ、人々の暮らしは著《いちじる》しく豊かになっていった。

その過程で設立されたのが世界冒険者機構である。

ジータニアの公爵《こうしゃく》カプレカ・ホンスキンが、「冒険者たちが実務や鍛錬《たんれん》に集中できるようにマネージメントを代行する組織が必要だ」と提唱《ていしょう》し、ジータニア冒険者ギルドを立ち上げたのが九十年前。

ジータニアに倣《なら》い、ゴルドラン、ヒルダホームズ、クルッセルにギルドが設立され、世界冒険者機構として統一されたのが七十年前。

そして元はジータニアの領土《りょうど》だったアルバランを世界冒険者機構に割譲《かつじょう》し、大冒険者ギルドが建設されたのが五十五年前。

と、ここまでの説明をナーナから聞いて、アミトは一旦《いったん》、根本的な疑問を投げかける。

「え、魔王って討伐されちゃってるの？」

「されちゃってるって、まるでそうあってほしくなかったみたいな言い方だね」

「あ、いや、そういう意味じゃ」

「私たちの生まれる何十年も前の話だもんね。ピンとこないのもわかるよ。でも冒険者に憧《あこが》れてるなら、魔王討伐した勇者のことくらい知ってなきゃだよ。はい、これ」

大冒険者ギルドの記入台に重ねられた登録申請書《とうろくしんせいしょ》を一枚取ってナーナはアミトに渡す。

「ありがとう」

（ああ、冒険者の道は早々に諦《あきら》めたはずなのになあ。なんで僕《ぼく》は大冒険者ギルドにいるんだろう）

ナーナからもらった申請書のシワを手で伸ばしながらアミトは昨夜のことを思い出していた。


「はい、これで今日の閉店作業は終わり！」

時計の針も日をまたぎ、すっかり静まり返った酒場。逆さになった椅子《いす》が並ぶカウンターの縁《ふち》に寄りかかってナーナが背を伸ばす。その横でアミトは最後の椅子をカウンターに上げた。

「お疲れ様、ナーナさん」

「お疲れ様。アミト君、仕事覚えるの早いから助かったよ〜」

「ナーナさんの教え方が上手だったから」

「そうかなー？　だとしても手際《てぎわ》よくてビックリしちゃった。ね、マスター」

ちょうどレジの締《し》め作業を終えたロッテが二人の元へやってくる。人差し指でクルクルと紐《ひも》を通した二つの鍵《かぎ》を回しながら。

一つは金庫の鍵。そして、もう一つをアミトに向けて放り投げた。

アミトは慌《あわ》ててその鍵をキャッチする。

「二階にある部屋の鍵だ。今日から使え」

「ありがとうございます。あの……鍵をもらえたってことは本採用ってことでいいんですかね」

「ああ、ナーナの言う通り、仕事はよくできるみたいだ」

（よかった……居酒屋バイトのスキルが役立った）

続けてロッテはナーナに言う。

「ナーナ、スペアのマジックアイテムあったろ。アミトに渡してやれ」

「はい」

そうしてナーナから渡されたのは営業前に見せてもらった結界解除用《けっかいかいじょよう》の銀色の鍵だ。

これでアミトの手には二つの鍵。ごちゃ混ぜにならないように各鍵の形をじっくり覚えていると、

「それとナーナ、明日にでもアミトをギルドに連れてってやれ。冒険者になりたいらしい」

「あれ、そうなのアミト君？」

（ああ、そういえば、警戒《けいかい》されないように勢いでそんなこと言ったんだっけ。でもこの世界で僕に冒険者は無理だよ）

「いや、冒険者はやっぱり……」

（ん？　異様な寒気が）

アミトが視線をナーナからずらすと、ロッテの鋭《するど》い眼光《がんこう》がこちらに向けられていた。

（なんか睨《にら》まれてる！　そうか……！　これは、「膨大《ぼうだい》な借金を抱えてるんだから昼も冒険者としてしっかり働いてこい」っていう債権者《さいけんしゃ》からの圧力だ！）

「ウン、ボク、ボウケンシャニ、アコガレテルンダ」

「じゃあ明日、案内してあげるね！」

「アリガトウ、ナーナサン」

というのが、ここまでの経緯《いきさつ》。

（まあ、でもスライム退治とかゴブリン退治とか、それくらいの仕事ならできるかもしれないし。冒険者になっておいて損《そん》はないか……）

何事も後ろ向きに捉えていたら返せるもんも返せない。アミトは考えを改めて申請書を書き始めた。

「……職業欄《しょくぎょうらん》か。酒場店員でいいのかな」

「違うよアミト君。そこは冒険者としての職業を書くんだよ。戦士とか魔法使いとか」

「え、でも僕、自分の職業なんてわかんないよ」

(ていうか、それを決めるための冒険者登録じゃないの?)

「アミト君、スキル何か持ってる?」

「いや……何も」

「魔法は?」

「初期魔法を一つだけ」

(ああ、言ってて恥ずかしい。やっぱり僕が冒険者になろうなんて、おこがましいよ)

「じゃあ魔法使いでいいんじゃない?」

「え、そんな適当でいいの!?」

「申請書なんて形だけだから。あとからいくらでも職業なんて変えられるし」

「そ、そうなんだ。えっと……次は」

『あなたが現在かかっている、もしくは過去にかかっていた呪《のろ》いはありますか?』

（問診票《もんしんひょう》みたい！　なんか思ってた冒険者登録と違う！）

「アミト君呪われたこととかある？」

（字面《じづら》だけ見るとすごい会話だな！　呪いか……時々、謎《なぞ》の幻聴《げんちょう》が聞こえる、なんて書いたら申請通らなかったりするのかな……？　ていうか何の呪いかもわからないしなぁ）

「ない……かな」

「じゃあ、無しで大丈夫だよ」

「わかった。あとは最後のチェック欄か」

『あなたは反社会的勢力（魔族など）の所属、または関わりはありませんか？　はい・いいえ』

（反社チェックある！）

「いつも思うけど、はい以外の選択肢《せんたくし》ないのに、これ意味あるのかな」

「その人が何者かより『はい』にマルしたって事実が大事なのよ。大人っていうのは責任の所在っていうのを気にするの」

「ナーナさんって本当に僕と同い年なんだよね」

「あ、またそのイジりする？」

「ごめんごめん」

（イジりじゃなくて感心なんだけどな）


申請書を書き終え、アミトたちは受付に足を運ぶ。

受付では目つきの悪い長髪の男が気《け》だるそうに座っていた。

「あの、これお願いします」

「あん？　ああ、冒険者登録ね」

「はい」

「って、おまえ子供じゃないか。十五歳未満は登録できない決まりだ。帰った帰った」

「この子は私と同じ十七歳だよ。申請書にも書いてあるでしょ？　ちゃんと読もうねダスバル君」

「しつ……じゃなくて、ナーナさんっ！　いらしたんですか」

「今日は受付やってるのね」

「急な欠勤《けっきん》があってヘルプで入ってるんです」

猫背だった男の背はピンと伸ばされ、別人のような顔つきになる。随分《ずいぶん》と焦《あせ》った様子だ。

「ナーナさん、知り合い？」

「まあね。ギルドには顔見知りが多いの。ね、ダスバル君」

「は、はい。えっと冒険者登録ですね。職業希望は魔法使いか……じゃあ番号札渡すので、適《てき》性審査《せいしんさ》の順番まで少々お待ちください」

そう言ってダスバルがアミトに数字の書かれた札を渡す。バツの悪そうな表情をしている。

アミトは札を受け取ると、ダスバルに一礼だけして一旦その場を離れた。

「適性審査？」

「その人が冒険者として、どのランクに属《ぞく》するか調べる審査よ」

ナーナが人差し指を立てて答える。

「ああ、なるほど」

「ランクはSからE。ランクによって受けられるクエストも違うわ。せっかくだから待っている間にどんなクエストがあるか、掲示板《けいじばん》見に行こっか」

「うん！」

大冒険者ギルドの壁際《かべぎわ》に設置された巨大な掲示板には、何枚ものクエスト依頼書が隙間《すきま》なくびっしりと貼《は》られていた。

それらを一枚一枚、順番に目を通しながら、アミトは、呆気《あっけ》に取られていた。

《サンドラ地方第二ダンジョン二十八階層攻略　条件／A級冒険者以上　報酬《ほうしゅう》／二五〇万ゴルド》

《魔王城付近深淵の沼調査　条件／S級冒険者もしくはA級冒険者一名以上を含むクラン限定　報酬／七〇〇万ゴルド》

《南シグリア山脈のアイスドラゴン討伐　条件／S級冒険者以上・ソロ不可　報酬／二〇〇〇万ゴルド『契約済』》

ゴルドとはこの世界の通貨単位。昨夜アミトが『夕闇の宴』で把握《はあく》したメニューの金額や一ヶ月の賃金から推測《すいそく》するに日本円とゴルドの価値はほとんど変わらない。

（ってことは一度のクエストで帯付きの報酬が……⁉　冒険者すごすぎる！）

しかし、アミトが見ているのは上級冒険者用の掲示板だ。

一つ横の掲示板に移ると、またクエストの報酬がワンランク下がる。

それでもC級以上の冒険者ができるクエストの報酬は数十万クラスの仕事ばかりだった。

（さすがにこのレベルは無理だとして……スライム退治とかないかなぁ）

カニ歩きで依頼書を確認していると、ようやく下級冒険者用の掲示板にたどり着いた。

《アルバラン地下水路のヘドロスライム駆除《くじょ》　条件／E級冒険者以上　報酬二万ゴルド》

（これくらいなら、できそうだな。Ｅ級冒険者以上ってことは冒険者でさえあれば実質条件なしだし、日給二万円の日雇《ひやと》いアルバイトだと考えれば十分高額だ）

昨夜はＳ級冒険者たちを前に感覚が麻痺《まひ》していたが、下級でも冒険者は冒険者。酒場での仕事の合間にクエストをこなせば借金返済《へんさい》のアテになるだろう。なんだかんだギルドに来てよかったと、アミトは冒険者の登録を促してくれたロッテとナーナに感謝した。

「そういえばアミト君はどれくらいのモンスターと戦ったことあるの？」

掲示板見学に付き合ってくれていたナーナが横でアミトに言った。

「えっと、一番強そうなのでゴーレムかな。でも本当にオーソドックスな普通のゴーレムだったよ。多分ゴーレムの中でも下位種じゃないかな」

「ゴーレムと戦ったことがあるなんて、すごいよ！　下位種のゴーレムっていうとロックゴーレムかな」

「うん、多分それ。ＴＨＥ岩って感じだった」

「ロックゴーレム討伐できるならＣ級か……少なくともＤ級スタートはできると思うよ。下位種でもゴーレム倒すには工夫がいるからね」

「え！　本当⁉　あ、いやまあ、でもマグレ勝ちだったからなあ」

（炎属性が弱点なんて知らなかったし）

「マグレでも勝ちは勝ち。適性審査楽しみだね」

「うん！」

「おいおい、いつから大冒険者ギルドはガキがウロチョロする託児所《たくじしょ》になったんだ？」

気分よく会話していたアミトの前に、ガラの悪い三人組の男が現れた。

どの男もアミトを見下ろすほどにデカい。

鉄の鎧《よろい》から覗《のぞ》く筋骨隆々とした肉体は、手練《てだ》れの冒険者であることを匂《にお》わせている。

アミトはバイト時代に絡《から》まれた酔《よ》っぱらいのチンピラを思い出していた。

「ちょっと、失礼じゃないですか？」

真《ま》っ先《さき》に言葉を返したのはナーナだった。

そんなナーナの様子に、三人組はお互いに顔を見合わせてから大笑いした。

「ガハハハッ。なんだよ保護者《ほごしゃ》付きかよ」

「あなたたち冒険者として恥ずかしくないんですか」

「恥ずかしい？　おいおい、そりゃあ誰に向けた言葉だぁ？　生意気に。俺たちのランク見てから言えよ」

そう言って先頭に立っていた男が右腕に着けていた腕輪《うでわ》を見せる。すると、腕輪が青白く光り、紋章《もんしょう》が浮かび上がった。『王牛《ミノタウロス》』をモチーフにした紋章だ。

「この紋章が示すランクはわかるよな？　そうだ、俺たちはＢ級冒険者様だ。しかも、次の審査をクリアすれば、この紋章は『飛竜《ドラゴン》』に変わる。Ａ級冒険者様の誕生だ」

「だからなんですか？」

「ああん？　冒険者ってのは実力主義の厳《きび》しい世界なんだよ！　そんなところにガキなんて連れてんじゃねーって言ってんだ！」

凄《すご》むＢ級冒険者の男にナーナは一歩後ずさる。その姿を見てアミトはナーナの手を握《にぎ》った。

「ナーナさん、もうやめよう。僕は気にしてないから」

「でも……」

「大丈夫だよ。審査の順番が来るまで隅《すみ》で待ってよう」

腹が立たないかと言われれば嘘になるが、自分のせいで女子が危険にさらされるのは避けたい。ここは一旦《いったん》退《ひ》こうとナーナの手を引くアミトだったが、

「審査だあ？　まさかガキが冒険者登録しようなんて思ってねーよな」

男は許さない。

（し……しつこい。はあ、僕って昔から何かと理不尽《りふじん》な因縁《いんねん》つけられるんだよなぁ。童顔《どうがん》だから舐《な》められちゃうんだろうな）

「おい、どうなんだよガキ！」

（Ｂ級冒険者相手じゃ敵《かな》うわけないし……これ以上ヒートアップするとナーナさんに手を出

されるかもしれない。仕方ない、登録申請を取り下げに行くか）
「いえ、僕なんかが冒険者なんて……」

「よう、アミトじゃないか」


ギルドの床を赤褐色《せきかっしょく》の鉄靴が軋《きし》ませる。B級冒険者たちの間を素通りしてアミトの元までやってきたのは黒髪の男だった。

その姿を見て、B級冒険者たちが体を固まらせる。

「こ、『鋼鉄』の副団長……。『黒鬼《くろおに》』フライト・リッセベル……！」


「フライトさん、こんにちは！」

「なんだアミト、冒険者登録しにきたのか？　いいじゃないか、ルーキー大歓迎《だいかんげい》」

「でも、僕じゃ冒険者は向いてないかなって……」

「何を言ってる。冒険者ってのは志《こころざし》さえあれば誰だってなれるんだ。初めから弱気じゃダメだぞ。俺は期待しているからなアミト」

「は、はい！　ありがとうございます！」

「うむうむ、元気でよろしい。……ところで」

フライトが振り返る。

「俺の友人に何か用か？」

鋭い眼光でB級冒険者たちを睨《にら》む。その表情は冷たく、まるで鬼のよう。人々はこの異質で圧倒的なオーラを前に、彼を『黒鬼』と呼ぶ。

「い、いえ……別に」

「そういえばさっき、腕輪の紋章を見せびらかしていたようだが、冒険者たる者、無闇《むやみ》に力を誇示《こじ》するのはどうだろうか」

「そうですよね。はい、わかります」

「ダハハ！　そうだよな。話が分かる奴で良かった」

「アハハ……もちろんですよ。同じ冒険者なんですから」

「ああ、でも俺は紋章見せびらかしたい質《たち》なんだよなあ」

「え？」

そう言ってフライトは腕輪をかかげた。

腕輪が赤く光り炎を纏《まと》うように紋章が浮かび上がる。

S級冒険者にだけ与えられた『不死鳥《フェニックス》』の紋章が。

輝《かがや》く紋章にB級冒険者たちは無意識に後ずさりしていた。

「俺の友人にちょっかい出すってんなら、俺たち『鋼鉄』が相手してやるぜ」

「ひいっ！　すみませんでしたー！」

一目散《いちもくさん》に逃げるB級冒険者たち。彼らの去っていく背中を見て、ナーナが胸をなでおろした。

「フライトさん、ありがとうございました」

「おう、ナーナ。今夜も酒場に遊びに行くからよろしくな」

「はい。ぜひこの分は一杯おごらせてください」

「よせよせ、そんなつもりで間に入ったわけじゃない。あれは俺たち含む冒険者側の恥《はじ》だ。アミトすまなかったな」

「そんな、僕は全然気にしてませんから。むしろナーナさんに怖い思いさせちゃって……。ごめんねナーナさん」

アミトがナーナの手をギュッと握る。そこで改めてナーナはずっとアミトと手が繋《つな》がれていたことに気付く。

「あ、あ、あ、アミト君、私は大丈夫だから」

「ダハハ！　アミトも隅に置けないなあ！」

「え？　ああ、ゴメン！」

咄嗟《とっさ》に手を離すアミト。

ナーナとアミトは互いに顔を赤らめるのであった。

＊

アミトの担当を受け持ったダスバルは、長髪をかき上げながら審査用の部屋に向かっていた。

後ろをついて来るアミトに前を向いたまま話しかける。

「一緒にいたナーナさんと黒鬼はどうした？」

「黒鬼？」

「『鋼鉄』の副団長のことだ」

「ああ、フライトさんはクエストの報酬を受け取りに来ただけみたいで、すぐ帰られました。

ナーナさんも仕事の準備があると」

「そうか。ナーナさんとはどういう関係なんだ？」

「えっと、職場の先輩ですね」

「『夕闇の宴』か」

「あれ、酒場のこと知ってるんですか？」

「あ……、ま、まあな。ギルドも冒険者の接待《せったい》なんかでよく使わせてもらってるんだよ」

「ああ、なるほど」

ダスバルは再び髪をかき上げアミトに釘を刺すように言う。

「いいか、ガキ。ナーナさんは高嶺《たかね》の花だ。変な希望を抱くんじゃないぞ」

「変な希望？」

「そりゃあ、あれだ。恋仲になるだとか、そ、そういう関係を期待するなってことだ」

「ぼ、僕なんかがナーナさんと付き合うなんて！　そんなの無理に決まってるじゃないですか！」

「わかってるならいい。意外と自分を客観視《きゃっかんし》できるらしいな。ガキから坊主《ぼうず》に昇格してやる」

「あはは、ありがとうございます。自己分析《じこぶんせき》は得意な方なんですよね」

「そりゃいいことだ。よし、着いたぞ」

ダスバルは第五審査室と書かれたプレートが掲げられたドアの前で立ち止まる。

「おまえは奥のドアから入れ」

「わかりました」

二人が入ったのは同じ部屋だ。しかし、その間は一枚のガラス板で仕切られている。アミトの入った空間の方が部屋の大半を占めている。その中央には水晶玉《すいしょうだま》を載せた細長い台が立っていた。台の高さはアミトの腰の位置あたりだ。

一方ダスバルのいる空間はデスクと書類が並んだ審査員用の部屋となっている。ダスバルはデスクに座ると、拡声魔法を使ってガラス板の向こう側にいるアミトに話しかけた。

「これから魔法使い希望用の適性審査を行う。坊主の希望職業は魔法使いで間違いないな？」

「はい」

「それじゃあ、いくつか質問する。まず現在使える魔法を教えろ」

「えっと……炎属性の初期魔法です。ファイアボウルっていう」

（ファイアボウル？　なんだそれ。初期魔法ならファイアピックの間違いだろ。まあ、いい）

「他には？」

「それだけです」

「は？」

「すみません。一つしか魔法使えなくて」

「マジかよ……まあ、でも戦闘経験の浅い人間は実際に能力としては備わっているのに使い方がわからず腐らせてるってことも多々ある。次の質問だ。今使える魔法は最初どのように覚えた？」

「こう……頭に自分が魔法を使っている姿が浮かんできて」

「直感型か……まあ、一般的だな。威力《いりょく》の調整は？」

「多分できないかと」

「一日に何回打てる？」

「試したことないので、わかりません。すみません」

ダスバルはペンを走らせ、アミトの回答をまとめる。それを見返して、一考。

（魔法使いには向いてないタイプだな。まあ、職業なんてC級以下は飾《かざ》りみたいなもんだ）

「よし、じゃあ次はおまえの潜在《せんざい》魔力を調べる。さっき言っていた自分で把握《はあく》できていない魔法なんかもこれでわかる。そこに水晶玉があるだろう?」

「はい」

言われてアミトが水晶玉の前に立つ。それを確認してから、ダスバルが続けた。

「そいつは魔力感知ができるマジックアイテムだ。まずはその水晶玉に両手を置け。おまえの魔法能力種をラーニングする」

「わかりました」

アミトが水晶玉に両手を載せる。すると、水晶玉が淡く光る。

その光に合わせて、ダスバルのデスクに置かれている魔法陣の描かれた用紙に、文字が焦げるように刻印されていく。

「よし、これでおまえが現在、本当に使える魔法の種類がわかった」

ダスバルは刻印された用紙を手に取り、大雑把《おおざっぱ》に確認する。

(使える魔法は三つか。一つとあんま変わらねーな)

そして新しい用紙を棚から取り出しデスクに置いた。

「次は魔力量を測《はか》る。そのまま水晶玉に魔法を放つ感覚で力をこめろ。全力でだ」

「え、でも僕よくわからずにそのまま魔法打っちゃうかもしれません」

「それでも構わない。どっちにしろ水晶玉が魔力を全て吸収する。そうやっておまえの魔力を計測する」

「へぇ……すごい水晶玉なんだなぁ」

「他の申請者も待ってるんだ早くやれ」

「すみません！　じゃあ、いきます」

ダスバルは少しイライラしながらアミトと水晶玉の様子をガラス越しに観察する。

（あの様子だと大した魔力もないだろう）


「はあっ！」

ボガーーーーーーーーーーーン!!


「⁉」


水晶玉が木端微塵《こっぱみじん》に爆発した。

煙《けむり》が立ちこめダスバルはガラス板の向こう側が確認できなくなる。

「おい、大丈夫か⁉」

しだいに煙が晴れ、水晶玉のあった台の前ではアミトがポツンと無傷で立っていた。

「すすすすみません！　僕なんてことを！」

その姿を見てダスバルは一安心する。

「いや、怪我《けが》がないならいい」

（ギルドの過失で適性審査中に事故を起こしたなんてことになったら大事件だ……あぶねえ）

「あの僕、やり方間違っちゃったんですかね？」

（魔力込めるだけの行動に間違いも何もない。ていうかあのマジックアイテムは外部からの魔法で壊《こわ》すことが不可能な『神具《しんぐ》』だ。壊れることがあるなら、アイテム自体が持つ魔力の暴発。長い間使っていたから経年劣化《けいねんれっか》してたんだろう）

しかし、新しく出しておいた用紙はしっかり反応していて、先ほどと同じように刻印《こくいん》が始まった。

（なんだ、ギリギリで測定《そくてい》できたのか）

「大丈夫だ、ちゃんと測定できている。これで適性審査は終わりだ。結果を知らせるまで受付前に戻って待ってろ」

「わかりました。ありがとうございました」

アミトが部屋を出て戻っていく。

それを確認してから、ダスバルは刻印が終わった二枚の用紙を詳しく確認する。

まずは先ほどの魔力測定。

『測定不能』

「かーっ、久しぶりに見たなこの文言。最低測定値の一〇を下回るとこいつが出てくるんだよ。やっぱあの坊主に魔法使いは向いてねえ」

そして、最初に行った魔法能力種を確認した用紙を手に取る。


『ファイアボウル　属性　炎・神』

『サンダボルト　属性　雷・神』

『アイスバン　属性　氷・神』


「ん……どれも聞いたことない魔法だな。あいつの言ってたファイアボウルってのは間違いじゃなかったのか。田舎《いなか》じゃファイアピックより下の魔法があるのかもな……ていうかなんだよこの神っての。やっぱ水晶玉が劣化してて調子悪かったんだな。修正っと」

ダスバルは手に持っていたペンを逆さにし魔力をこめる。そして刻印された文字をなぞると、その部分が消えていった。

最後にダスバルは二枚の用紙を重ねる。さらにその上に新たな用紙を載せた。

この工程で最終的な冒険者のランクが決まるのだ。

二枚の測定結果から導き出され、最後の用紙に以下のいずれかの紋章が浮かび上がる。

E級『角兎《ホーンラビット》』の紋章
D級『魔狼《ワーグ》』の紋章
C級『巨鬼《オーガ》』の紋章
B級『王牛《ミノタウロス》』の紋章
A級『飛竜《ドラゴン》』の紋章
S級『不死鳥《フェニックス》』の紋章

出てきたこれらの紋章はそのままギルドの用意する腕輪にコピーされ、ランクの証明書代わりとなる。

しばらくして浮かび上がった、アミトの紋章は……。

「はあ?」

見たこともない女性の顔をモチーフとした紋章だった。

「もう、しっかりしてくれよ水晶玉さんよぉ。一応、古代からある神具の一つだろ?」

ダスバルは長い髪をかきむしる。

「ヘルプで入ってこんなミスだらけじゃ俺があ、の、方に叱られるんだよ」

（まあ、いくらでも隠蔽《いんぺい》できるんだけどな）

再びダスバルは逆さのペンで紋章を消去した。

それが『女神《イラリス》』の紋章だと知らずに。

＊

審査結果を受け取り、ギルドを出て酒場への帰途につくアミト。路地を歩くその背中を、尾行する男がいた。

クエスト掲示板《けいじばん》の前でひと悶着《もんちゃく》あったB級冒険者の男だ。

男はあの場で受けた屈辱《くつじょく》を解消できぬままでいた。

住家の屋根からアミトを見下ろし、機をうかがう。

(あのガキめ。黒鬼の知り合いだからって調子に乗りやがって。俺はA級冒険者手前の男だぞ。冒険者の縦社会を教えてやる)

時々振り返るアミトに警戒しつつ、音を殺して屋根から屋根へと飛び移る。

(なんだあのガキ、尾《つ》けられてることに気付いているのか？　いや、まさかな)

ギルドからだいぶ離れ、細い路地に入ったのを確認し、男は腰のダガーに手を回した。

アミトは呑気にあくびをしながら両腕を上げて伸ばしている。

（バカめ。不用意に人けのないところに入りやがって。ここなら人ひとり襲《おそ》われたところで誰も気付かねーよ）

男はダガーを抜き勢いよくアミトの背中めがけて屋根から飛び降りた。

（死ね‼）

《オートスキル　『瞬間拘束』発動（古代語）》

（なっ⁉）

男の体がアミトのすぐ後ろで宙に浮いたまま固まった。まるで時間が止まったかのように。

（なんだ……⁉　体が動かねえっ！）

得体の知れない現象に焦《あせ》りと恐怖を抱き始める男。しかし、彼への災《わざわ》いはここで終わらなかった。

あくびをしていたアミトがその気配に気付き腕を上げたまま振り向く。その動きに合わせてアミトの肘《ひじ》が男の頬《ほお》を撫《な》でた。

確かに、事象を表《あらわ》すだけなら、『撫でた』だった。

（え？）

肘と頬が接触した瞬間、とてつもない衝撃《しょうげき》が男を襲う。それは『撫でた』なんかじゃ到底納得できない衝撃。『殴《なぐ》る』でも足りないくらいだ。

アミトの無意識に放ったエルボーによって男は体ごと空にマッハの速度で飛んでいく。それは刹那《せつな》の出来事で、アミトが振り返った時には男の姿はもうなかった。

「あれ、気のせいかな？　さっきからなんか気配を感じると思ってたんだけど……」

アミトは首を傾《かし》げ、また路地を歩き出す。

アルバランから、はるか数十キロメートル先の雪稜《せつりょう》で、怯えてうずくまるB級冒険者が発見された、と新聞に載ったのは数日後のことである。

# 第四話「オマエ、何者だ？」……

「紋《もん》なし⁉」

昼下がり。適性審査を終えて酒場に戻ってきたアミトから聞いた話に、ナーナが声を張り上げた。

「おいナーナ、うるさいぞ」

厨房《ちゅうぼう》で食材の在庫チェックをしているロッテが言う。

「だってマスター。紋なしってことはE級よりも下、冒険者『見習い』ってことですよ！　そんな結果、よほどの実力不足でもない限り、聞いたことないです！　ありえません！」

「ナーナ、あんまり本人を前にして言ってやるな」

「え……？　あっ」

カウンターの席に座るアミトは、ナーナの前で地獄《じごく》にいるかのような引きつった笑顔を見せていた。その笑みからは哀愁《あいしゅう》が漂《ただよ》う。

「アミト君、違うの！　そういう意味じゃなくて！」

「いいんだ、ナーナさん。僕《ぼく》こういうの慣《な》れてるから……あはは」

「アミト君……私がギルドに抗議《こうぎ》してくるわ！」

「やめて！　余計に惨《みじ》めになるから！　僕これ以上惨めになったらこの街で生きていけない！　それに、冒険者にはなれなかったけど、新しい魔法二つも増えたんだ！　あはは、嬉《うれ》しいな！」

そう言ってアミトがナーナを見ると、なんともいえない表情を浮かべていた。切なそうだ。

「ごめんねアミト君。私が考えなしに魔法使いなんて勧《すす》めたから。魔法がダメなら戦士や、防御特化のタンクなんて職業もあるわよ。他の職業なら適性あるかも……」

「ナーナさん、僕をしっかり見て。この体で戦士やタンクが務まると思う？」

ナーナがゆっくりと目を逸《そ》らした。

といっても、実際アミトにとってこれくらいの結末は本当に慣れたものである。何をやっても上手く行かない。悪く言えば負け癖《ぐせ》がついているともいえるし、良く言えば耐性《たいせい》がある。

ただ、今回ショックなのは冒険者見習いじゃクエストの依頼を受けられないこと。冒険者になって、できる限り稼《かせ》ごうと思っていたのに。

（異世界転生して冒険者になれないなんてことある？）

アミトはわかりやすく落胆《らくたん》していた。その様子にナーナもそれ以上の言葉を発することはなかった。

気まずい雰囲気《ふんいき》が流れる中、厨房からロッテの唸《うな》り声《ごえ》が聞こえてくる。

「とうとう切れたか……ナーナ、シレン草の入荷いつまで延期《えんき》になるんだったか？」

「えっと、来週には交易路《こうえきろ》が復旧するって言ってました。もしかして昨日使ったので最後でした？」

「ああ、ギリギリ奥の方に今日の分くらいは残ってたが……明日以降はシレン酒無理だな」

ここまでの会話を聞いていたアミトがナーナに聞く。

「ナーナさん、シレン草っていうのは？」

「シレン酒っていうハーブ酒のリキュールに使う香草《こうそう》だよ。主にクルッセルっていう国から入荷されるんだけど、先月に交易路で大型モンスターの死骸《しがい》が発見されてね。その死骸を食料にしようと他のモンスターたちが集まってきちゃって一時封鎖《ふうさ》されてるの。ギルドが冒険者に討伐《とうばつ》依頼を出したから、そろそろ復旧するんだけど」

「その前に在庫が切れちゃったと」

「そうだね。熟成《じゅくせい》期間もいらずアルコールに漬《つ》けて半日でリキュールとして使えるから酒場にとってすごくありがたい香草な分、ストック切れ起こしやすいのよね」

「メリットに甘え過ぎちゃうのがデメリットか……」

アミトは昨夜のことを思い出す。何回かシレン酒のオーダーを受けた記憶がある。人気のメニューなんだろう。それが一週間出せないとなると、酒場にとって中々な打撃になるし、楽しみにしているお客さんも残念がるに違いない。

「他にシレン草を入手できる手はないのかな」

アミトの何気ない言葉に在庫チェックを終えたロッテがやってきて答えた。

「ないことはない」

「本当ですか?」

「ああ。アルバランの南、ゴルドランとヒルダホームズの国境沿《こっきょうぞ》いにある霧《きり》の森に一部シレン草が生える丘がある。そこなら一週間分くらいのシレン草が手に入るだろうな」

霧の森といえば、アミトとロッテが出会った場所だ。

「何言ってるんですかマスター。その丘はオリジンスライムの縄張《なわば》りでしょ」

ナーナがロッテに諫言《かんげん》する。

しかし、その意図を汲《く》み取っていないアミトは呑気《のんき》に、そして元気よく宣言《せんげん》した。

「僕、そこでシレン草取ってきます!」

マジかよ、こいつ話聞いてたか? ってな顔でアミトを見るナーナ。

「だからあそこはオリジンスライムの縄張りなんだってアミト君」

「ナーナさん、いくら冒険者見習いの僕でもスライムくらい倒せるよ、もう。よーし、そうと決まれば善《ぜん》は急げ。ロッテさん出かけてきます」

「ああ、頼んだ」

「マスター⁉ 止めてくださいよ!」

「あはは、ナーナさんは本当心配性だなあ。それじゃあ行ってきます！」

「あ、待ってアミト君！」

ナーナの言葉に聞く耳もたず、アミトは勢いよく酒場を飛び出した。

＊

霧の森にある河原で体育座りをしながら、アミトは己《おのれ》のマヌケさに絶望していた。

「丘の場所、聞くの忘れた」

この河原までの道のりは覚えている。ここから霧の中に入ってダンジョンまでの道も一応覚えている。しかし、アミトが持っている霧の森の知識はそれだけ。シレン草が生えているという丘に続く道なんてわからないし、もちろん地図なんてない。

一度酒場に戻るという案も考えたが、距離的に一往復半していたらそれだけで夜になってしまいそうだ。夜はもちろん酒場の仕事がある。勤務二日目にして遅刻なんてできない。

引き返す決断をくだすなら、次ここに来るのは明日になるだろう。

(どのみち明日になるなら、ダメ元でも一回、自力で探してみようか)

結論を出してアミトが立ち上がると、森から川に向かって何かが四足歩行で歩いて来るのが見えた。

アミトは目を凝《こ》らす。白い狼《おおかみ》だ。しかしアミトが知っている前世の狼とは大きさが違う。下手したらクマよりもデカい。

(ワーグってやつかな?)

D級冒険者の紋章《もんしょう》にもなっている『魔狼《ワーグ》』。比較的下位のランクでモチーフになっているモンスターならば、モデルもそんなに強くないのではとアミトは推測《すいそく》した。

白い狼はアミトの存在に気付かず、川の水を飲んでいる。

(ここら辺のモンスターはそこまで強くなかったし、戦ってみようか……)

警戒《けいかい》しつつもゆっくりとアミトはワーグらしき狼に近づいた。

するとわずかな足音で察知《さっち》されたのか、狼の鋭く青い瞳《ひとみ》がアミトに向けられた。

そして、息を呑《の》む間もなく狼がアミトに向かって走り出した。

(ヤバい! 気付かれた)

それは刹那《せつな》の出来事。あっという間に狼の腹がアミトの視界を覆《おお》う。

(速い! 魔法を出す隙《すき》がない!)

アミトは反射的に体を縮《ちぢ》こませる。狼の口から無数の牙《きば》が覗《のぞ》いた。目の前で見るとその大きさに気圧《けお》される。こんな牙で噛《か》みつかれたら、ひとたまりもない。アミトはその光景を想像し、恐怖で目を閉じた。

「うわあっ!」

ペロ――

「……ん？」

ペロペロペロ。ベロロロロロロ。

唾液《だえき》まみれになるほどに、狼の舌で舐《な》め回される。

さらに狼は倒れたアミトに覆いかぶさりじゃれるように体を擦りつけてきた。

「あは、あははは！　やめて、くすぐったいよぉ！」

まるで動物園で飼《か》いならされたライオンだ。さしずめアミトは飼育員《しいくいん》といったところ。

「ハッハハッハッハッハ」

舌を出し、尻尾《しっぽ》を振りながら狼はアミトの顔をまた舐める。ライオンというより犬か。超巨大な犬。完全に懐《なつ》かれている。

「人懐っこいモンスターもいるんだな」

「くるるる。ぐぁうっ！　ぐぁうっ！」

狼は一通りじゃれ終えると、アミトに話しかけるように鳴き、森に向かって歩きだした。

何度かアミトの方を向いて鳴き、また歩く。付いてこいと言っているようだ。

アミトはもしかしたらと思い、狼のあとを追った。

＊

狼の後ろを歩くこと十分程。不思議なことに木々の枝が狼の体に触れることはなく、まるで森全体が道を開いてくれているかのようにスルスルと進んでいく。

方角としてはアミトが最初にいたダンジョンとは真逆。アミトの想像以上に森は広いようだ。

しばらくして、狼がゆっくりとその足を止める。

狼が腰を下ろし見つめた先には雑草が生《お》い茂《しげ》る広い丘が見えた。その中で一部分だけ紫色をした草が生えている。

「あれは……！　やっぱりシレン草の在《あ》り処《か》まで案内してくれたんだね」

「ぐぁうっ！」

「ありがとう。いい子だね」

アミトは狼の頭を撫《な》でてやる。

「くうぅん」

本当にただの犬だ。

狼は再びベロリとアミトの顔を舐めると、四肢《しし》で土を弾《はじ》いて高く跳びあがり、森の奥へと走っていった。アミトはその背中に手を振る。

「今度また会えたらお礼しなきゃだな」

狼が森に消えたのを確認して、アミトは丘に足を踏み入れる。

その背後にブヨブヨとした謎の物体が大量に迫っていた。

＊

目の前に広がるシレン草を前の方から順番に摘《つ》み、酒場から持ってきた小袋に詰め込む。それを繰り返して、ほぼ全てのシレン草を摘み終えた頃には、小袋の中はパンパンになっていた。

「ふう、これで終わりだ」

小袋を置いてアミトは一休みする。バイト時代も食材が足りなくなった時はよく近くの二十四時間スーパーに買い出しに行ったものだ。そんなことを思い出しながら、アミトはそのまま丘の雑草をベッド代わりに寝ころんだ。

雲が流れる空を見上げて、太陽が二つあることに気付く。思いがけないところに前世との違いを見つけ、アミトはここが異世界なんだと改めて実感する。

「でも空は青いんだなー。やっぱり青い空っていうのは気持ちがいい。……あれ？　だんだんと青から紫に……ぷわぁっ」

仰向《あおむ》けになっていたアミトの顔と上半身に紫色のぷよぷよした物体が覆いかぶさる。やけに粘着性《ねんちゃくせい》があり、息ができない。

アミトはすぐに体を起こし、紫の物体を振り払った。

「げっ！　スライム！」

アミトの周りには大量のオリジンスライムが出現していた。アミトを囲うように集まっている。その数、ざっと見て五〇匹ほど。手足のないまるまるした体には大きな目がついていて、どれもアミトを攻撃的な視線で睨《にら》んでいる。

昨日この森を抜けた時もスライムとは遭遇《そうぐう》していた。色や形の特徴《とくちょう》からして同じスライムなのは間違いない。しかし、数が違う。一気に魔法で薙《な》ぎ払うことも考えたが、それをするにはまずシレン草を詰めた小袋を回収するのが先だ。

そう思って、脇《わき》に置いていた小袋を確認する。

ない。

「え？」

小袋がどこにも見当たらない。

焦《あせ》ったアミトは周りを見渡した。

すると、少し離れたところに小袋を抱えた人物を発見する。

ツインテールの青髪を揺《ゆ》らし、走り出そうとしている少女。藍鉄色《あいてついろ》のフード付きマントを身に纏《まと》い、背中に大きな鎌《かま》を背負っている。風貌《ふうぼう》からするにおそらく冒険者。いや、ギルドから配布される腕輪を着けているので、おそらくではなく、冒険者で間違いない。

アミトはすかさずその少女に向かって叫んだ。

「僕のシレン草！」

少女が振り返る。そして、アミトに向かって言った。

「オマエのシレン草？　ふざけるな。これはアタシのものだ」

「どういう理屈《りくつ》!?　盗んだものは自分のもの理論ってこと!?」

「盗む？　人聞きの悪いことを言うな！　そもそもアタシが狙《ねら》っていたシレン草を横取りしたのはオマエだろうが」

幼《おさな》さの残る可愛らしい顔立ちの割に口調はガラが悪い少女だ。

「横取り？　僕はそんなつもりじゃ」

「アタシは昨日からここに張り付いて、睡眠魔法を広範囲に仕込んでおいたんだ。シレン草を摘むのに一番厄介《やっかい》なオリジンスライム対策としてな。だけどここは奴らの縄張り。森の中でもオリジンスライムの出現率が一番高い場所だ。丸一日かけてゆっくりとここらにいるオリジンスライムを確実に眠らせて、ようやく動けるかって時にオマエがあんなフェンリル《バケモン》を連れてウロチョロするから、オリジンスライムの危機察知器官《ききさっちきかん》に触れて全員起きちまったんじゃねーか」

「バケモン？　なんのことかサッパリなんだけど」

確かにいくら弱いスライムでもこれだけの数が集まれば厄介なのは理解できる。その対策として睡眠魔法でスライムを眠らせるのも、冒険者としての知恵なんだろう。だけどバケモンってのはわからない。それと自分が関係しているという主張も納得できない。

「しかも、オマエはアタシが丸一日かけて作ったチャンスを台無しにするだけじゃ飽《あ》き足らず、堂々とシレン草を摘み始めた。まあ、逆にそのおかげでオリジンスライムの標的がオマエに絞《しぼ》られたのはラッキーだったけどな。ってことでこいつはもらってく」

「結局はやっぱり盗むってことじゃん！」

「嫌《いや》なら取り返してみな。そいつらをどうにかできたらな」

と、言いながら少女はそんなこと不可能だと知っている。一匹でも倒すのに苦労する始祖《しそ》族《ぞく》のオリジンスライム。それが五〇もいたら、

（アタシらS級冒険者ですら逃げたくなる）

だからこそ睡眠魔法の罠《わな》を張っていたのだ。

そのオリジンスライムの群れが、アミトに向かって体から猛毒《もうどく》の酸《さん》を噴射《ふんしゃ》した。皮膚《ひふ》を溶かし、その傷口から猛毒を巡らせる危険な技だ。四方八方から噴射される大量の酸がアミトに降りかかる。

「うわあっ！」

（少しかわいそうだが、オマエが余計なことしたのが悪いんだぜ。腕輪を着けてるってことはオマエも冒険者だろ？　一歩間違えれば死。策も練《ね》らずにこんなところに来た自分の愚《おろ》かさ

を呪《のろ》うんだな）
「なんだこれっ……！」
（まあ、回復魔法ぐらいかけてやってから行くか……）
「これ……！」

《オートスキル　『抗酸防膜』発動　（古代語）》
《オートスキル　『毒化無効』発動　（古代語）》

「なんか温《ぬる》くて気持ち悪い！」

「は？」

皮膚どころか服すら無傷のアミトが立っていた。

（どういうことだ……？　スライムが出したのは酸じゃない？　いや地面に散った酸はしっかりと草や岩までも溶かしている）

「スライムがいると邪魔《じゃま》だな、先に倒しちゃおうか。そこの君、待ってるんだよ！」

（倒す？　舐めてんのかこのガキ。相手はただのスライムじゃない。オリジンスライムだぞ）

「えっと……ギルドで僕が使える新しい魔法を教わった時、ダスバルさんが各魔法の特性も説明してくれてたな。炎属性は一点集中型。氷属性が広範囲型。そして雷属性がその中間。この状況なら雷属性が適してるかな」

（しかも、Ｅ級冒険者でも知っているような魔法の基礎を語ってやがる）

「行くぞ……」

（オリジンスライムは貫通型《かんつうがた》スキルのある魔法じゃなきゃ跳《は》ね返るだけだ。やっぱりただの無知な下級冒険者だったか……）

「サンダボルト!!」

「なっ!?」

凪《なぎ》状態だった丘の宙に渦《うず》が現れる。ほんの数秒間あたりは白い光で染まり、遅れて地を揺らすほどの雷鳴《らいめい》が轟《とどろ》く。その衝撃《しょうげき》で生まれた突風が少女の長いツインテールを激しくなびかせた。少女は膝《ひざ》をつき、その場にとどまっているのがやっとだった。

風が止んだころにはアミトの周りは黒く焦《こ》げ、スライム一匹たりとも残っていなかった。

「さあ、僕のシレン草、返してもらうよ」

少女は目の前で起こった出来事に開いた口が塞《ふさ》がらなかった。

「オマエ、何者だ？」

＊

結果的にシレン草は二人で半分ずつ分けることに落ち着いた。

これはアミトからの提案だ。

アルバランに戻り、アミトと少女は会話もなく表通りを並んで歩く。

シレン草を少女に半分譲《ゆず》ったのにも理由がある。

(確かに丸一日かけて罠を張っていたのに、見ず知らずの僕が急に来て邪魔《じゃま》をしたら、いい気はしないだろう。それに……)

アミトはチラリと少女を見る。

(いくら数が多いとはいえ、ただのスライム相手にあれだけ念入りに策を練っていたんだ。多分この子も僕と同じ駆け出しの冒険者。見習いとは言わなくてもE級あたりなのかもしれない)

そんな彼女が必死にこのシレン草を欲しがっているのなら、それ相応の事情があるに違いない。最後に自分の手元にあったからと、このシレン草を一人占めしようなんて、アミトにはできなかった。

(まあ小袋ごと盗もうとしたのは、ちょっとやりすぎだと思うけどね)

一方で、シレン草の半分をもらった側である少女は、アミトのことを薄気味悪《うすきみわる》く思っていた。

（なぜ、シレン草を渡した？　しかも半分も。アタシに借りを作ってなんか得でもあるのか？）

考えても納得のいく正解が見えてこない。

（シレン草を奪取《だっしゅ》できなかったのは完全にアタシのミスだ。こいつの実力を見誤《みあやま》った。フェンリルを従えている時点で気付くべきだったんだ。バケモンはこいつの方だったってな）

少女もアミトをチラリと見る。

こんな華奢《きゃしゃ》な少年があれほどまでの魔力を有しているなど、未だに信じがたいが、

（S級冒険者なのは間違いない。けど、どのクランでも見たことのない顔だ。アタシと同じソロか？）

謎は深まるばかり。


互いに相手の素性《すじょう》を推察《すいさつ》しながら、二人は表通りを抜け、路地裏《ろじうら》に入る。

そこで少女が久方ぶりに声を発した。

「おい、いつまで付いてくるんだ。やっぱり恩《おん》を売って何かさせようってか？　そうか、人けのないところならエッチな要求できるもんな。ようやくオマエの魂胆《こんたん》が見えたぜ」

「いや、こっちのセリフだよ。僕はこの先に用があるの。もしかしたら残りのシレン草をまだ狙ってるの？　懲《こ》りないなぁ」

「なんだと？」

「なんだよ？　……ていうかエッチなことなんて考えてないよ！」

「反応が遅かったな。さては図星《ずぼし》をつかれて動揺《どうよう》してんだろ」

「違うよ！　あまりにもサラッと言うから思考が追いつかなかっただけだよ！」

ああだ、こうだ言っている間も二人の足は同じ道を進んでいる。そして、立ち止まった先は『夕闇《ゆうやみ》の宴《うたげ》』に続く扉《とびら》の前だった。

扉に手をかけるアミトに少女が待ったをかける。

「なんだオマエ、ウチの客か？　言っておくけどウチはどんなにランクが高くても一見《いちげん》さんはお断りだ」

「何言ってるの、僕はここの従業員《じゅうぎょういん》だよ。君こそ……あれ？　もしかして」

アミトの手が止まったところで、逆方向から力が加わり、扉が開く。

「アミト君！　よかった戻ってきた！　もう、心配したんだよ！」

扉の奥から出てきたナーナがアミトを見て心底、安心した様子で言う。そして、彼女はそのまま視線をずらし、アミトの横にいた少女を見て目を細めた。

「あっ、ようやく来た」

「よう、おつかれー」

少女もナーナに返す。

「おつかれじゃないよ、まったく。マスターもカンカンだよ、スフィアちゃん」

ナーナの口から出た名前に、アミトは全てを理解するのだった。

＊

「まさか、君が厨房《ちゅうぼう》担当の子だったとはね」

「あん？　この店じゃオマエ後輩だろ。敬語《けいご》使えよ敬語」

「人のもの盗もうとした子に敬語を使う義理《ぎり》はないね。それに君、歳いくつ？」

「十五だよ、オマエよりは年上だガキ」

「いや僕、十七だから。はいこれで職場での先輩後輩関係と相殺《そうさい》ね」

「はあ？　しょうもないウソついてんじゃねーよ。オマエどう見てもアタシより年下だろうが」

酒場のカウンター席に座っていがみあうアミトとスフィア。そんな二人に冷たいお茶を持ってナーナがやってくる。ナーナはコトッとグラスを二人の前に置いて、会話に割って入った。

「アミト君は私と同い年よ」

「マジかよ。じゃあ三十代じゃねーか」

「スフィアちゃん、そのギャグ面白くないから。鉄板《てっぱん》ギャグみたいなノリで言わないでくれる。スフィアちゃん自身を平たい鉄板にして鍛冶屋《かじや》に持っていくわよ。いい剣になって『白騎士』の剣士に買ってもらえるといいわね」

「あそこのクランはお高く止まってて嫌《きら》いだ」

「お客様の悪口言わないの。ていうか鉄板になることを受け入れるんじゃありません」

「ふん。アタシのいない間に勝手に新人なんか雇《やと》いやがって」

スフィアは言いながらナーナの持ってきたお茶を喉に流し込む。

「いない間にって、スフィアちゃんが無断欠勤《むだんけっきん》するからでしょ」

「だから、シレン草が切れそうだったから、応急措置《おうきゅうそち》として森に寝泊まりしてたって言っただろうが。店のために働いてたんだぜアタシは」

「それはありがたいけど、前もって伝えておいてよ。報連相《ほうれんそう》よ報連相」

「いや、マスターにシフトの変更届は出しておいたぞ。だから昨日の仕込みもナーナに頼んだろうが」

「え？　あれって手伝いって意味じゃなかったの？」

「ちげーよ、アタシができないから代理で頼んだんだよ。なあ、マスター、アタシのシフト変更お願いしたよな？」

厨房で作業しているロッテに向かってスフィアが声を張る。が、ロッテからの返事はない。

「おい、マスター聞いてんのか」

やはり返事はない。

「スフィアちゃん、わかったわ。マスターが無視を決め込む時は間違いなく何かを忘れていてミスした時だもの。疑《うたが》ってごめんね」

「ちっ……あのデカ女め」

「聞こえてるぞスフィア」

「そういう時だけ返事すんじゃねー！」

椅子《いす》の上で胡坐《あぐら》をかき、不機嫌《ふきげん》そうに頬杖《ほおづえ》をつくスフィア。そんな彼女に、アミトは少し反省していた。

「店のために頑張ってたんだね。盗人《ぬすっと》呼ばわりは僕もちょっと言いすぎたよ。ごめんねスフィア」

「あん？　まあ……別にわかりゃいいけど」

（アタシはアタシでこいつのこと見殺しにしようとしたしな。まあ、殺されるようなタマじゃなかったわけだが）

一方でうしろめたい気持ちを持っていたスフィアは、アミトに対して気になっていたことを思い出した。

「そういやオマエ、腕輪着けてるってことは冒険者だろ？　どこのクラン入ってんだ？」

「クラン？　いやいや僕がクランなんかに入れるわけ」

「なんだ、やっぱソロか」

「ソロというか……」

煮え切らないアミトの様子にスフィアがイライラしていると、代わりにナーナが答える。

「アミト君、紋なしなのよ」

「ああ、紋なしか。どうりで……ブッ‼」

スフィアが口に含んだお茶を噴きだした。

「はあ⁉　紋なしって⁉」

アミトを見ると頭をかきながら、

「あはは……冒険者にもなれない見習いなんだ」

「なめてんのか！」

「ひどい！　僕だって頑張ったのに！」

「ウソだろ……？　見習いって」

（じゃあ、あれはなんだったんだよ。あんなバケモンじみた魔法使う奴が冒険者見習い？）

スフィアが混乱する中、アミトはアミトで傷心《しょうしん》していた。

（見習いだからって、そんなにバカにしなくてもいいじゃないか。それにスフィアだって冒険者のランクとしては僕とそんな変わらないはずだろ）

「もうスフィアちゃん、アミト君が一番落ち込んでるんだから、そこは冒険者の先輩《せんぱい》として気を使ってあげてよ」

（うんうん。ナーナさんもっと言ってやってよ）

「S級冒険者が見習いの子をバカにしたらパワハラになるよ」

（そうそう、パワハラはいけないよ）

「って、S級冒険者⁉」

「あれ、アミト君聞いてなかったの？　スフィアちゃんはソロ専門のS級冒険者だよ」

「え、あ、え」

（ってことは、あのスライム……。もしかしてめちゃくちゃ素早い代わりに経験値が莫大系《ばくだいけい》のモンスターだったのかも！　だからスフィアはまず眠らそうとしたのか！　つまり、眠気で動きが鈍《にぶ》っていたところを僕が横取りして倒してしまった。盗人は僕の方じゃないか！）

「スフィア……ごめん」

「あ？　もしかしてマウント取られてる？　オマエなんかがS級とか笑わせんなってこと？」

「なんでそうなるんだよ。スライムを僕が倒しちゃってごめんってことだよ」

「やっぱマウント取ってんじゃねーか！」

「ちょっとスフィアちゃんどうしたの」

荒《あら》ぶるスフィアとそれをなだめるナーナをよそに、アミトはもう一つ大事なことに気付く。

（え、じゃあ、その経験値どうなった？　僕に入ったはずだよね。あれだけのスライムを倒したなら相当の経験値のはず。でもステータス上昇した感じは一切ない。ていうことは……これがもう僕の上限ってこと？　僕の中ですでにステータスは天井に到達してるってこと？　この弱さで？　レベルアップで下剋上《げこくじょう》みたいな展開もないってことじゃん！　なんだよこの異世界転生つまんなすぎでしょ！）

事実、アミトの推察《すいさつ》は中《あた》らずと雖《いえど》も遠からず。実際にアミトのステータスは天井に達しているため、いくら経験値が入ろうと、これ以上成長することはない。なぜならカンストしているから。成長する必要がないのだ。

「クソー！　アミト、アタシはオマエをここの従業員とは認めねーからな！」

「え⁉　なんでそうなるの⁉」

ともあれ、これで『夕闇の宴』のメンバーは全員揃《そろ》ったのである。

# 第五話「一回、五〇〇〇ゴルドでなんでもお手伝いします！」

アミトが異世界にやってきてから二日目の夜。

今宵も隠《かく》れ家《が》酒場『夕闇《ゆうやみ》の宴《うたげ》』では仕事を終えたS級冒険者たちが酒を酌《く》み交わしていた。

アミトとナーナがせわしなくホールを駆《か》け巡《めぐ》る中、厨房《ちゅうぼう》ではスフィアがスキレットに洋酒を注ぎ、仕上げの香りづけをする。戦士職に人気の高タンパク質メニュー、ホーンラビットのステーキを皿に盛り付けると、そのままデシャップ台に置く。そして、デシャップ台の隙間《すきま》からカウンターでカクテルを作っているロッテに話しかけた。

「そろそろ落ち着きそうか？」

「ああ、アミトがいるおかげで上手く回ってる」

「……マスターあいつ何者なんだ」

「何者って言うと？」

「オリジンスライムの群れを雷魔法一発で全滅させたんだぞ」

「そりゃすごい」

「その直前には神狼《フェンリル》を連れて歩いていた」

「フェンリルか。あの森に神獣《しんじゅう》が生息《せいそく》しているとは聞いていたが、目撃できるなんてラッキーだったなスフィア」

「アンタがあのガキのヤバさに気付いてないとは言わせないぞ」

「別にヤバかろうがなんだろうが、しっかり働きさえすれば問題ない。ほら、おまえも働け」

「ちっ、相変わらずの秘密主義だぜ、まったく」

ぶっきらぼうに言い残して、スフィアは厨房に顔をひっこめる。

そこにアミトがホールから戻ってきた。

「ロッテさん、そのカクテル運びましょうか」

「いや、これは私が持っていく。アミトはそこのステーキを五番卓に運んでくれ」

「了解です！」

アミトはデシャップ台から料理を手に取ると、溌剌《はつらつ》とホールにまた繰り出す。その背中を見てロッテは一人、つぶやきながら出来上がったカクテルをグラスに注いだ。

「秘密も何も、私が聞きたいくらいなんだがな」

八人席の五番卓には二人の男と四人の冒険者が向かい合っていた。机を境《さかい》に左側でかしこまった体勢を取っているのが大冒険者ギルドの役人たち。右側でリラックスし食事を楽しんでいるのが、アルバラン最強のクラン『鋼鉄』のメンバーだ。

その副団長である『黒鬼《くろおに》』ことフライトは、ギルドの男たちが食事に手を付けていないことに気付き、声をかける。

「そんな、窮屈《きゅうくつ》そうにしないでくれよ」

フライトの言葉を聞いた長髪の男、ダスバルは猫背の体をさらに固まらせて答える。

「す、すみません。S級冒険者様との会食は初めてで……正直、緊張《きんちょう》しております」

ダスバルの顔があまりに引きつっているので、フライトの横に座っていたミレイユが彼の耳を引っ張る。

「こら、フライト。お役人さんをビビらせるんじゃないよ。ただでさえあんたの顔怖《こわ》いんだから」

「いててっ！　ビビらせてなんかねーよ。むしろ俺《おれ》はリラックスしてほしいと思って」

「そういうのはあんたじゃなくて私がやるからいいの！」

二人のやり取りにダスバルの隣《となり》に座っていた人物が口を開く。ダスバルよりも年齢は上で、落ち着いた雰囲気《ふんいき》の中年男性だ。

「あはは、さすがにアルバラン最強の戦士といわれるフライト君を前にしたら誰でも緊張するよ」

「ザッバスさん、あんたとは付き合いも長いんだし、そんなことないだろ？」

「いやいや、僕《ぼく》だって今でも緊張するさ」

「なんだよ、つれないこと言うなよー」

「話してみれば、情に厚い気さくな青年だって理解《わか》るんだけどね」

「そうだろ？　さすが、世界冒険者機構、諜報室副室長《ちょうほうしつ》だ」

嬉《うれ》しそうにするフライトにミレイユは呆《あき》れたように、

「まったく、この男は単純なんだから」

と、つまんでいた耳から手を離す。

「それで本題に入ろうか？」

フライトは先ほどまでとは一転、真剣な表情でザッバスに向き直った。

「そうだね。ゴルドラン南東のドタカワ村は知ってるね？」

「ああ、ドワーフの村だろ？」

「うん。その奥の森で魔石が見つかった」

ザッバスの言葉に『鋼鉄』のメンバー全員がわかりやすく手を止めた。

「魔石……魔王軍が残した、欲しくもねえ土産か」

「知っての通り、魔石は負の魔力が結晶化《けっしょうか》した鉱石。モンスターがそれに触れると莫大《ばくだい》な力を得て凶暴化《きょうぼうか》する。もちろん発見した魔石はすでにギルドで回収済みなのだが……その前に五頭のフレイムリザードが触れてしまったらしく、炎竜《サラマンダー》にクラスチェンジした」

「おいおい、サラマンダーって九〇階層級のモンスターだぞ。そいつが五頭も地上にいちゃヤベーだろ」

「ああ、その通りだ。今はまだ森の中で大人しくしているようだけど、森にいる食料《モンスター》が尽《つ》きたらいずれドタカワ村に下りてくる。そして、ドタカワ村がやられ、次に彼らが向かうのは」

「アルバランか」

「魔石の存在は一般人に公表していない。さらにサラマンダーが近郊《きんこう》に出現しているなんて情報が回ったら、アルバランはパニック状態に陥《おちい》るだろう」

「つまり、大々的に討伐《とうばつ》依頼が出せないから、俺たちに白羽《しらは》の矢《や》が立ったと」

「すまないね。そもそもサラマンダークラスを五頭も討伐できるクランがあるのかと考えたら、やはり優先順位が一番高いのは『鋼鉄』だ」

「んー、今のウチじゃ厳《きび》しいかもな」

「やっぱり団長不在だからかな？」

「まあな。南シグリア山脈《さんみゃく》のアイスドラゴン討伐に三日前から出ている。現地までの往復も含《ふく》めりゃ、まだ数週間は帰ってこないだろう。それまで持つか？」

「いや……持たないね。少なくともドタカワ村の被害は確実に出るかな」

「だろ？　団長一人だけならまだしも、いかんせん後衛組《こうえいぐみ》のほとんどを連れて行ってやがる。今ここに残ってる回復士はそこのエルマだけだ」

端《はし》に座っていた丸眼鏡《まるめがね》の少女が「どうも」と、苦笑いしながら頭を下げる。

フライトが言う通り、現状アルバランに残っている『鋼鉄』のメンバーは彼を含めて四人。戦士のフライト、魔法使いのミレイユ、回復士のエルマ、そして四人の中で一番体格が大きい拳闘士《けんとうし》の男、グラニュート。全員、個々の実力はアルバラン屈指《くっし》のS級冒険者だ。このメンバーだけでも右に出るクランはいないだろう。

しかし、対複数のモンスター討伐となると、後衛組の存在価値はデカい。前衛にいくら戦力があろうと、対峙するモンスターが多ければ視角外からくる不意のダメージは免れないため、回復やサポートの回転率が低いと命取りになるのだ。一頭倒すのにも苦労するサラマンダーが相手なら、なおさら。

「他のクランに後衛を頼むのは？」

「クラン間のメンバーの貸し借りは御法度《ごはっと》だって、ギルドで働いているあんたが一番わかってるだろ？　万が一事故が起こった時に、責任の所在で揉《も》める最たる要因だ。団長不在時にそんな判断はできない」

「ソロの冒険者を誘《さそ》うのは？」

「ソロやってる奴こそ、そういうイザコザが嫌で自由な道を選択してるんだ。ここのスフィア見てりゃわかるだろ。もっと無理だな」

「困ったな……かと言って、君たちが厳しいと判断した内容を他のクランに頼んだところで、受け入れられるかという問題もある」

「まあ、サラマンダー五頭が相手となれば、どこも躊躇《ちゅうちょ》するだろうな」

腕を組んで悩むフライトに、ミレイユが顔を覗《のぞ》かせるように言った。

「ねえ、やってみようよフライト。だって、私たちが動かなきゃアルバランの住人もドタカワ村のドワーフたちも危《あぶ》ないんだよ？」

「そりゃもちろん、わかってるよ」

「一頭、一頭狙《ねら》って仕掛ければ大丈夫だよ」

ミレイユの提案に異議《いぎ》を唱えたのは拳闘士のグラニュートだった。

「いいや、ミレイユ嬢《じょう》。フレイムリザードをはじめとする火蜥蜴属《ひとかげぞく》は群れ意識が強い。上位種のサラマンダーも例に漏《も》れず仲間内での交信を頻繁《ひんぱん》にしているはずだ。一頭ずつ狙うにも限度がある」

「むぅ、グラニュートは脳筋そうな見た目して理屈っぽい男だよ、まったく」

「誉《ほ》め言葉と受け取るぞミレイユ嬢」

「お待たせしました、ホーンラビットのステーキです！」

どうしたものかと一同が困却《こんきゃく》している中、よく通る明るい声と共に極上の料理がテーブルに運ばれた。

「きゃあ、アミト～！　今日もかわいいね！」

「ちょ、ちょっとミレイユさん危ないから抱《だ》き付かないで」

「もう、ミレイユさんなんてよそよそしい。ミーちゃんて呼んでって昨日言ったでしょ」

ミレイユにベタベタと引っつかれ、あたふたしているアミトの肩をフライトが叩《たた》く。

「よう、アミト。昼ぶりだな」

「フライトさん！　今日は本当にありがとうございました」

「いいってことよ」

B級冒険者に絡まれた昼の出来事。そのちょっとした騒動《そうどう》を知っている人物がこの場にもう一人いた。

「昼の坊主《ぼうず》か。そういえば『夕闇の宴』で働いていると言っていたな」

「ダスバルさん。昼は適性審査ありがとうございました」

その言葉を聞いてミレイユがアミトの体をさらに引き寄せ興奮した様子を見せる。

「え⁉　アミト、冒険者登録したの⁉」

「うん、まあ……」

「職業は⁉」

「一応、魔法使いかな」

「キャー！　嬉《うれ》しい！　私と一緒だよアミト！」

「ミレイユさんって魔法使いだったんだ。でも僕は職業変えるかもだから」

「なんでよ！　一緒に魔法使いやろーよー」

「だって……」

その答えはダスバルが出す。

「坊主は魔法使いの適性審査で紋章《もんしょう》なしの結果となりました。つまり彼はまだ冒険者見習いです」

「「「「冒険者見習い⁉」」」」

『鋼鉄』メンバー全員の声が綺麗《きれい》に揃《そろ》った。

アミトは彼らの表情から、冒険者見習いというランク圏外《けんがい》の称号が、どれほど稀有《けう》な存在であるかということを察《さっ》した。あれだけ楽しそうにはしゃいでいたミレイユですらバツの悪そうな顔をしている。

この気まずい雰囲気を作ってしまった責任を感じたのか、フライトがダスバルに慌《あわ》てて質問を投げかける。

「でも適性審査を受けてから三ヶ月経てば、また別の職業で審査を受けられるんだろう？」

「はい、規則ではそうなっております」

「じゃあ、心配するなアミト。次は戦士なんてどうだ」

そう言って、フライトの視線がアミトの細い腕に向く。

「ああ、まあ……戦士じゃなくても……いろいろ職業はある」

「気を使わなくて大丈夫ですよフライトさん。確かに冒険者も憧《あこが》れますけど、僕はこの酒場で働ければ十分楽しいので」

そんなアミトの姿が健気《けなげ》に映ったのだろう、『鋼鉄』のメンバーが目頭《めがしら》を押さえてジョッキに残っていたエールをあおった。

「ずいぶんと皆さんに気に入られている新人さんなんだね」

一連のやり取りをニコニコと見ていたザッバスが言った。この中で彼だけはアミトと初対面である。

「昨日からここでお世話になっているアミトといいます！　よろしくお願いします！」

「僕は大冒険者ギルドのザッバスです。元気がよくて気持ちのいい少年だ。よろしくね」

「ありがとうございます！」

「しかし、ロッテさんが新人さんを採《と》るとは珍しいね」

ザッバスの疑問にフライトが答える。

「マスターの大事なもんをアミトが壊《こわ》しちまって弁償《べんしょう》するために働いてんだとよ。借金を楯《たて》に好き勝手コキ使える奴が現れてラッキーとでも思ったんじゃないか？」

『聞こえてるよー』

反対側の客席にカクテルを運んでいたロッテの声が店内にこだまする。

「やべっ。本当あの人は地獄耳だな」

無意識にか、反射的にか、頭を下げて隠《かく》れようとするフライト。よほどロッテが怖いらしい。黒鬼と呼ばれるフライトをビビらせるロッテは何者なんだろうと不思議に思いながらも、アミトは補足《ほそく》の説明をした。

「ここで働かせてほしいって言ったのは僕の方からなんですよ。酒場での職務は経験があるので。それに借金を返さないといけないのは僕の責任ですからね」

「って言ってもよアミト。酒場の給料だけで借金返しながらやっていけるのか？　冒険者なら昼にクエストやって別口でも稼《かせ》げるけど……な？」

その認可取得に失敗し、冒険者見習いとなってしまったのがアミトである。しかし、アミトは存外、あっけらかんとしている。その理由は、

「実は僕もそう思って、ロッテさんに許可をもらって副業することにしたんです」

「副業？」

復唱したフライトだけでなく、卓に座っている全員がアミトの言葉に注目した。

「一回、五〇〇〇ゴルドでなんでもお手伝いします！」

アミトは続ける。

「雑用、荷物持ち、道案内、おつかい。僕にできることなら、なんでもやります」

所謂《いわゆる》、なんでも屋というやつだ。

アミトは霧《きり》の森から帰ってきて、シレン草をアルコールに漬《つ》け込んでいる最中、こんなことを考えていた。冒険者としてギルドのクエストをこなせないなら、自分でクエストを作ってしまえばいいのでは？　と。例えば今回のようにシレン草を森で摘《つ》んでくるというおつかいだって、一つのクエストになる。その報酬《ほうしゅう》の請求先がギルドであるから認可が必要なわけで、個人を相手にすれば認可などいらない。企業を挟まず直接エンドユーザーとやり取りする、CtoCの個人事業主として稼げばいいのだ。

もちろんやれることは限られるし、ギルドが出している報酬と同等の金額なんてもらえない。しかし、自分は冒険者見習いだと諦めて何も行動を起こさないよりはマシだ。

取《と》りえがなくても行動はできる。

といっても、酒場で営業をかけるにはさすがにロッテの許可が必要なので、事前に相談の上、副業を始めたというわけである。

そんなアミトの営業に興味を持った人物がいた。

「アミト君、それはクエストのお手伝いなんてのも、できるのかい？」

大冒険者ギルドの役人、ザッバスだ。

「もちろんです！　仮にも冒険者見習いなので戦闘経験はあります！　スライム倒せます！」

アミトの返答に満足そうな表情を浮かべているザッバスにフライトが察する。

「おい、まさかザッバスさん……聞いてたろ？　アミトは冒険者見習いだぜ」

「冒険者見習いだからこそ、じゃないかフライト君。どこのクランにも所属していない。ソロの冒険者でもない。でも、戦闘経験はある」

「戦闘経験たって……仮にアミトを連れていったところで、何ができるってんだ」

「足りないのは後衛での戦闘支援だよね？」

「そうだが。アミト、回復魔法や補助スキルは使えるのか？」

「使えません！」

「な？」

「回復や戦闘補助はアイテムで補える。アミト君に荷物持ちをお願いして、戦闘時はできるだけ離れた場所でアイテムを使って援護する。これだけでも十分エルマ君の負担を減らせるのでは？」

つまみの枝豆を両手でちびちびと口に運んでいたエルマは皮を皿に置いてから答える。

「まあ……助かることは助かりますね」

「エルマぁ」

「わ……わたしは聞かれたから事実を答えたまでです」

にらみを利かすフライトから顔を背けてエルマは再び枝豆に手を伸ばす。

「もちろん、アミト君への報酬は僕が出すよ。ギルドではなく、僕個人の依頼としてね」

「ありがとうございます！」

アミトはとりあえずお礼を言った。依頼内容の全貌はまだ全く見えていないが、こういうのはお礼を言ったもん勝ちだ。

「どうだい、フライト君。本人は乗り気のようだけど」

フライトは頬杖《ほおづえ》をつき、人差し指でこめかみをトントンと叩きながら考える。

実際にザッバスの言うことは一理ある。

アイテムのサポートがあればエルマの負担は軽減できるし、アミトの安全は防壁魔法で多少は確保できる。戦闘経験があるのも大きい。紋なしとはいえ、戦闘経験のない一般人と比べれば雲泥の差。さらに冒険者間のしがらみがないという冒険者見習いの特権もある。

考えれば考えるほどメリットは割とある。

しかし、サラマンダー相手に紋なしのアミトを連れて行くのは当然危険だ。

「どう思うミレイユ」

「私はアミトがいたらモチベ爆上《ばくあ》がり。私の防壁魔法で守るし。私がアミト守るし」

「すまん、おまえに聞くのが間違っていた。グラニュートは？」

「反対だ。リスクが大きすぎる」

「だよなぁ」

フライトが煮《に》え切らないでいると、カクテルを運び終えたロッテが五番卓までやってきた。

そして、アミトの横に立ち、一言。

「連れていけ」

予想もしていなかったロッテの言葉にフライトが困惑する。

「いやマスター、そんな簡単に答えを出せる事情じゃなくてな」

「話は全部聞こえていた。一部始終な」

「地獄耳め……。なら、わかるだろう？」

「ああ、わかっている。大丈夫だ、連れていけ」

（いや、本当にわかってんのかよ）

と反論しようとしたところでフライトは、妙に落ち着いているロッテの表情を見て、一旦、言葉を飲み込む。そして、数秒考え、

「わかった。その代わり何かあっても責任は持てねーぜ」

「天下の『鋼鉄』だ。何かあることはないだろ」

「買いかぶりすぎだ」

ため息をつきながらフライトは空いたジョッキをアミトに渡す。

「アミト、おかわりくれ」

「はい、よろこんで！」

冒険者見習いアミトの初クエストが決まった。

＊

アルバランから南東のゲートをくぐり、獣車《じゅうしゃ》で二時間ほど進んだ先にあるのがドワーフたちの暮らすドタカワ村だ。ゴルドランの中で最もアルバランに近く、冒険者との親交も深い小さな村である。

そのドタカワ村の入り口に一台の獣車が停まっていた。村にはS級冒険者が四人、付き添いの役人が一人、そして冒険者見習いが一人訪《おとず》れている。フライト、ミレイユ、エルマ、グラニュート、ダスバル、アミトの計六人だ。

「『鋼鉄』のメンバーがわざわざすまねえ。生の黒鬼が見れて感激だ」

出迎えに来たドワーフの男がフライトに握手する。村の長《おさ》で、いち早く魔石の発見をギルドに伝えた人物でもある。

「どうってことない。あんたらも村の裏にサラマンダーが出ちゃあ、おちおち寝てもいられないだろう」

「ああ。一応、女と子供はアルバランに避難《ひなん》させて、残った男で村を守る気ではいたが……正直、相手が相手だからなぁ」

「安心しろ。俺たちはサラマンダー討伐の実績がある。まあ、ちっと数が多いが、なんとかしてみせるよ」

「ありがてえ」

早速、フライトはドワーフの男と森の地図を確認する。

その少し離れたところでアミトはバックパックを地面に置き、中に入っているアイテムと、手に持ったメモを照らし合わせていた。

「えっと、青色の瓶《びん》が即効性《そっこうせい》のあるクイックポーションで、黄緑《きみどり》が普通のポーション。深緑《ふかみどり》が回復量の多いヘビーポーション……と。赤い、ＭＰ用のマジックポーションは希少《きしょう》だからここぞという時だけに使う……よし、大丈夫だ」

他に戦闘補助のバフアイテムも一つ一つチェックするアミトの元に、ドワーフとの打ち合わせを終えたダスバルがやってきた。

「おい坊主。今日ここにおまえがいること、ナーナさんは知ってるのか？」

「ダスバルさん。ええ、まあ伝えてはあります」

「怒っていたか？」

「怒ってたというよりは、すごく反対されました。許可出したマスターには怒ってましたけど」

「そうか……。まあ『鋼鉄』が一緒だ、心配はいらないだろうが、万が一のことがあったら迷わず逃げろよ」

「はい。ダスバルさんて意外と優しいんですね」

「意外とは余計だ。一応俺もギルドの人間だからな。事故は避けたい。ただでさえおまえは見習いなんだ、気をつけて行動しろよ」

「気をつけます！」

「本当にわかってんのか、この坊主は」

ダスバルが長い髪をかき上げたところでフライトから招集がかかった。

村と隣接《りんせつ》している森の入り口で六人が集まる。

「よし、集まったな。まずはミレイユの探索《たんさく》魔法を使って一頭ずつ仕留《しと》めていくぞ。先頭は俺とグラニュートで行く。エルマはアミトと連携して後衛を頼む。アミト、気負いせず、エルマの指示通りに動くんだぞ。いいな？」

「はい！」

士気を高める『鋼鉄』。その後ろで、ダスバルが胸に手を当て、彼らを見送った。

「皆さんご武運を」

「ああ、ちゃちゃっとやってくるぜ」

サラマンダー討伐が始まる。

＊

「アイステンペスト!!」

本来は広範囲型の氷魔法。その最上位魔法を魔力の圧縮によって一点集中型で放つ。ミレイユの手から巻き起こった、その凍てつく嵐は、素早いサラマンダーの足元を完全に捉え身動きを封じる。

「テクニカルブースター発動！」

後方からエルマが叫ぶと、その声に合わせてグラニュートが飛び跳ねた。

「ふんっ!!」

そして暴《あば》れるサラマンダーの鋭いかぎ爪をパリィしながら、脳天めがけて岩よりも硬《かた》い拳《こぶし》を振り下ろす。エルマのバフスキルによって、ただでさえ重い一撃は会心となる。

脳を揺《ゆ》らされたサラマンダーは一時的に失神状態に陥り、得意の火炎放射を吐く口も閉ざしてしまう。その隙《すき》を鬼が狩《か》る。

「おらああっ!!」

フライトのバトルアックスがサラマンダーの緋色《ひいろ》に輝く硬い鱗《うろこ》を貫《つらぬ》き、喉元《のどもと》を切り裂《さ》いた。

体長一〇メートルは優に超える巨大なサラマンダーが地面に崩れ落ちた。

想像以上に大きく、まるで恐竜のようなサラマンダー。それをいとも簡単に仕留める『鋼鉄』。

その光景を見てアミトは開いた口がふさがらなかった。

（ていうか、僕いらなくない？）

これがアルバラン最強のクラン、『鋼鉄』の実力。

「ふう……一頭目終わりっと。アミト、ポーションくれ。黄緑の普通の奴でいい」

「はい、フライトさん」

アミトはフライトの元に走り、バックパックからポーションを取り出して渡す。

「アミト、私にはチューをお願い。口元に普通の奴でいい」

「ミレイユ嬢、キモい冗談はいいから、探索魔法で次の個体を探してくれ」

「もうやってるわよ！　真面目《まじめ》そうなあんたにキモいとか辛辣《しんらつ》なこと言われたら、なんかリアルに傷つくんですけど！」

「あ、あはは……」

あんな強そうなモンスターを倒したばかりでこの余裕っぷりを見せられちゃあ、アミトも苦笑いしか出てこない。そんなアミトの元に回復士のエルマがやってきた。

「アミトさん、ナイスファイトでした！」

丸メガネの奥に輝く瞳《ひとみ》は純粋そのもの。エメラルドのように綺麗である。

（うん、僕は何もしてないけどね）

やはりアミトは苦笑い。

談笑も束《つか》の間《ま》、緩《ゆる》み切っていたミレイユの表情が固まった。それに気付いた他のメンバーも臨戦態勢《りんせんたいせい》に入る。

「西に四〇メートル先。二頭目がいるわ」

「周りに他のサラマンダーは？」

フライトが警戒しながら聞く。

「少なくとも半径三〇〇メートル内にはいない。一頭だけだよ」

「よし、他の個体に気付かれる前に仕留めるぞ」

「「「了解」」」

残り四頭。二頭目の討伐に『鋼鉄』が動く。

ミレイユの報告通り、四〇メートルほど進んだ先に、ホーンラビットを捕食中《ほしょくちゅう》のサラマンダーがいた。大きな口でムシャムシャとホーンラビットの肉を咀嚼《そしゃく》しながら、何かを威嚇《いかく》するように長い尾をバンバンと何度も地面に叩きつけている。

草陰《くさかげ》からフライトが目を細めて、機を窺《うかが》う。

「さっきの個体もそうだったが、魔石の影響でかなり興奮《こうふん》しているな。グラニュート、かぎ爪には気を付けろよ」

「承知」

「ミレイユ、アイステンペストはあと何発打てる？」

「三発ってところね」

「アミト、ミレイユが二発目のアイステンペストを打ったらマジックポーションを頼む」

「わかりました」

「エルマは変わらずグラニュートの補助と回復を優先で」

「了解です」

「よし、行くぞ」

一頭目と同じ要領《ようりょう》でまずは前衛《ぜんえい》の二人がサラマンダーの前に飛び出す。

気付いたサラマンダーは捕食中のホーンラビットを口から吐《は》き出し、狙《ねら》いを定めるようにフライトを見た。

「へえ、防御の硬そうなグラニュートを無視して俺に来るか。さすがサラマンダー、賢《かしこ》いじゃねーか」

「キイアアアア！」

サラマンダーがフライトに突進を始める。

「だが、そいつは罠《わな》だ。おまえが俺を狙ってるんじゃない。俺がおまえを誘ってるんだ」

サラマンダーの鋭い三本のかぎ爪がフライトを襲う。が、フライトはかろやかに側転し、それをかわす。すかさずサラマンダーの口から火炎放射がフライト目掛けて放たれた。

「即効防壁《そっこうぼうへき》発動！」

　A級冒険者でも半数以上が習得できていないといわれる防壁スキルを、フライトは瞬時に発動する。フライトの前に現れた見えない壁が炎を分散する。

「フーッ、あっぶねー！　防壁がボロボロだ。さすがスゲー威力《いりょく》だぜ」

　フライトがサラマンダーの注意を引きつけている間に、ミレイユの魔力集中が終わっていた。広範囲型の魔法を一点集中型に切り替える。それも最上位魔法を。S級冒険者でしかできない高難度の芸当だ。

「アイス……」

　満を持してミレイユが魔法を放とうとした、その時だった。

　木々をなぎ倒して別のサラマンダーがミレイユに向かって突進してきた。

「ミレイユ嬢！」

　いち早く気付いたグラニュートがその身を盾にサラマンダーと衝突《しょうとつ》する。

「ぐぅあっ！」

「グラニュート！」

　オリハルコンよりも硬いといわれるサラマンダーの鱗が、グラニュートの肉体を吹き飛ばす。

「リテライト！」

　エルマの回復魔法がグラニュートの傷を即座に癒《い》やす。

「かたじけないエルマ嬢。やはり交信能力で仲間を呼んでいたか」

場に二頭のサラマンダー。『鋼鉄』が危惧《きぐ》していた、対複数の盤面を作られてしまった。

「一度固まれ！」

フライトの指示によって、身を寄せる『鋼鉄』。

仲間を呼ばれるのは避けたかった状況ではあるが、想定内でもある。

ひるまず対複数用の陣形を取ろうとした五人に、しかしながら、想定外の事態が起きた。

「おいおい、嘘《うそ》だろ……」

二頭のサラマンダーがいた別の方角からさらに二頭のサラマンダーが現れた。

戦場に残り四頭のサラマンダーが揃《そろ》ったのだ。

＊

四頭のサラマンダーと交戦する中、『鋼鉄』のメンバーは防戦を強いられていた。

何度その爪をパリィしようとも別の個体が襲ってくる。わずかな隙をついて攻撃に転じようとも遠距離からの火炎放射でタイミングを潰《つぶ》される。

彼らがいくらS級冒険者だといえども、数的不利は覆《くつがえ》せないのだ。苦肉の策で中衛《ちゅうえい》だったミレイユも前線に出るが、それでも三対四。

どうにか打開策を模索する前衛を、アミトとエルマは連携《れんけい》を取りながら忙しくサポートしていた。

「アミトさん！　ミレイユさんにマジックポーションを！」

「はい！」

エルマの指示に従いマジックポーションをミレイユに目掛けて投げる。

「ミレイユさん受け取って！」

「サンキュー、アミト！」

エルマは後方で全体の状況を把握《はあく》しながら、細かくパーティのＨＰ管理を行う。

（アミトさんがいてくれて助かった。私の回復魔法だけじゃこの回転率を補《おぎな》えない。私のＭＰもあとわずか……そろそろ補給しておくか）

「アミトさん、私にもマジックポーションをお願いします！」

「はい……ああ！　すみません、さっきので最後でした！」

「え⁉」

「すみません！」

（しまった……完全に私のミスだ。展開の早い戦況にアイテム数の管理を怠《おこた》っていた。しかも一番重要なＭＰ回復アイテムを……！）

戦場においてＭＰの管理は非常に難しい。なぜならＭＰだけは魔法で回復することができないからだ。当然の原理である。ＭＰを回復する魔法やスキルがあったら永久機関を生み出せることになり、それはもう神の領域といえる。だからこそアイテムで補えるマジックポーションは希少なのである。

「僕がちゃんと残りの数を見ておけば……」

「いえ、戦闘経験の浅いアミトさんに責任はありません。私が把握するべき問題でした。ちなみにポーションの残数は？」

「あとはクイックポーションが二つです」

「こっちもジリ貧か……」

残り少ないMPで回復魔法もうかつに打てない。ポーションもほとんど無きに等しい。しかし、前衛はこうしている間にも体力を消耗している。

エルマが焦る中、アミトも自分のミスを悔《く》いていた。

エルマはああ言ってくれたが、どう考えてもアイテム数の管理は自分がするべきだった。居酒屋バイトで在庫切れは一番の機会損失だとあれだけ店長から教えられてきていたのに。

しかし、実際に戦闘経験が浅いのも事実。アミトは祈るしかなかった。『鋼鉄』のメンバーが無事に勝利することを、願うしかなかった。

両手を組み、アミトは目を閉じる。

（神様……僕には何もできません。だけど、どうか『鋼鉄』のみんなを助けてください）

全員がサラマンダーとの戦いに集中する中、アミトの体が淡く光に包まれた。

そして、前衛で戦っていた三人が口を揃える。


「回復サンキュー、エルマ！」

「助かるぞエルマ嬢！」

「エルマありがとう！」


「ん？」


動きが格段に軽くなっている三人から礼を受けて、エルマは一瞬思考がショートする。だって、礼を言われるようなことはしていない。エルマは回復魔法をかけていない。かけていないのに彼らはまるで全回復しているかのような動きを見せている。まさかと思い、エルマは横を見た。

そこには目を閉じ、祈り続けるアミト。

（いや、まさか……）

が、エルマの困惑をさらに加速させる違和感が彼女を襲《おそ》った。

（え、私のＭＰなんか回復してない？）

枯渇《こかつ》寸前だった魔力が全回復している。

（ありえない。アイテムも使っていないのにＭＰが回復するなんて……）

エルマはもう一度よーくアミトを見た。一度メガネを外し、目をこすってから再度かける。

（なんか白く光ってる気がする）


エルマの視線に気付かぬままアミトは『祈り』続けていた。

（僕には祈ることくらいしかできない……）

アミトが発動させた女神イラリスの力『祈り』によって、『鋼鉄』のメンバー全員のＨＰとＭＰが全回復していた。


「あ、あ、あのアミトさん。何をしているんですか？」

たまらずエルマがアミトに聞く。

「え？　あっ、すみません！　みんなが戦っているのに神頼みなんて」

「いえ、そういうことではなく、もしかしてアミトさん回復魔法使えるんですか？」

「使えないですよ？　僕、三つしか魔法使えませんから」

（魔法じゃない？　じゃあ特殊《とくしゅ》スキル……いや、ＭＰまでも回復させるスキルなんて聞いた

ことない）

「そもそもスキルは基本的に自己を対象とするもの。第三者に影響を及ぼすこと自体が……」

エルマがブツブツ言っているのを見てアミトはこんなことを思っていた。

（エルマさん、ブチギレてる……？）

「あの……エルマさん」

「はい？」

温厚《おんこう》そうなエルマの目が鋭くアミトに向けられる。ただ脳がパンク寸前で目がシパシパしているだけなのだが、アミトにはこう映る。

（やっぱり！　アイテム管理すらもできない無能が、役にも立たない神頼みなんてしてんじゃねーって、目だ！）

「そうですよね……僕だって魔法が使えるんだから、やれることはやれってことですよね！」

「このスキルがあれば、魔法を半永久的に使えるってことになって、それは物理法則を……ん？　アミトさん、なんて？」

「僕が氷魔法でサラマンダーの動きを封じてみんなをサポートします！」

「はい!?　そんな、危ないですよ！　下手に手を出したらサラマンダーの標的《ひょうてき》になります！」

「ミレイユさんが氷魔法でサラマンダーの足元を凍《こお》らせたのを見て、ヒントを得ました。確かに僕の弱小魔法じゃ、動きを封《ふう》じれたとしても数秒でしょう。だけど、その一瞬だけでも

『鋼鉄』のみんなならサラマンダーを倒してくれると信じています！」

「この子もしかして人の話聞かないタイプかも！」

「よし、やるぞ」

「あのね、あれは広範囲型の魔法を一点集中型に変化させるからできるミレイユさんの高等技術あってのことで、そもそもサラマンダーにただの氷魔法打ったところで鱗の熱ですぐに溶かされて終わりなんですよ」

「みなさん！　僕が氷魔法でサラマンダーの動きを少しだけ止めます！　その隙にやっつけちゃってください！」

「やっぱり話聞かない子だ！」

アミトが前に出て叫ぶ。

それを聞いてフライトとミレイユが振り返った。

「何言ってんだアミト！　危ないから下がってろ！」

「そうだよ！　私たちに任《まか》せて！」

アミトは胸に手を当てて一度深く息をする。

「大丈夫！　僕はみんなを信じてるから！」

信じているなら、まずその人の言うことを聞けと思うエルマの横で、アミトは両手を前に出して構えた。

アミトから漏れ出す魔力に反応したサラマンダーは一斉に標的を絞《しぼ》り、強靭《きょうじん》な脚力《きゃくりょく》で地を蹴った。

迫りくるサラマンダーの群れに目をつむりながらアミトは詠唱《えいしょう》する。

「アイスバン!!」

激しい音が響いたあと、訪《おとず》れる静寂《せいじゃく》。

数秒の間をおいて、アミトはゆっくりと目を開けた。

「わあ! すごい! さすが最強のクラン『鋼鉄』!」

静まり返った森の中。微粒な白い結晶が宙を舞っている。

『鋼鉄』のメンバーが呆然《ぼうぜん》と立ち尽くす中、そこには四頭のサラマンダーが倒れていた。

*

ザッバスがドタカワ村に着くと、村の中央で『鋼鉄』の面々が焚《た》き火《び》を囲み、震えていた。

入り口で迎えてくれたダスバルにザッバスが聞く。

「どうしたんだ、みんなして」

「寒いみたいです」

「炎竜《サラマンダー》と戦っていたのにか？」

「はい、私も詳しいことはわからないのですが……。サラマンダーは無事に五頭とも討伐できたとのことです」

「そうか。ひとまず礼をしに行くよ。君も付《つ》き添《そ》いご苦労だったね」

ザッバスはダスバルに労《ねぎら》いの声をかけるとそのまま『鋼鉄』の元へと向かった。

『鋼鉄』はみな、火をじっと見つめドワーフの用意してくれた、もろこし酒をチビチビと飲んでいる。

「やあ、すまないね遅くなって。決闘祭《バトルガラ》の打ち合わせがどうしても抜けられなくて。無事に討伐してくれたんだって？　さすが『鋼鉄』だ、礼を言うよ」

気付いたフライトがザッバスを見てもろこし酒を脇に置く。

「ああ、ザッバスさん。討伐したサラマンダーは村のドワーフが一ヶ所にまとめてくれている。後処理はギルドに任せたぞ」

「うん、処理班を連れて来ているからあとで指示を出しておくよ。それにしてもどうしたんだいフライト君。みんな覇気《はき》がないようだけど」

「まあ……さすがに五頭相手で疲れたんだよ」

「それもそうか。ご苦労だったね」

いつもとは様子が違う『鋼鉄』を前に、よほどの戦闘だったのだろうと、ザッバスは改めてフライトの肩を優《やさ》しく叩く。その肩はやけに冷たかった。途中で氷属性のモンスターでも乱入してきたのだろうか。

そんな疑問を抱くザッバスの元に、『鋼鉄』とは正反対に元気いっぱいの少年が小走りで現れた。

「ザッバスさん、来てたんですね！」

「やあ、アミト君。サラマンダーの討伐ご苦労さま」

「僕は何もしてませんよ。聞いてくださいザッバスさん。『鋼鉄』のみんな、すごいんですよ！僕がサポートでほんの一瞬、本当にコンマ数秒だけサラマンダーの動きを止めただけで、あっという間に仕留めちゃったんです！　その瞬間をちゃんと見たかったなー」

「おや、君がサポートしたならば、それこそ特等席で『鋼鉄』の活躍《かつやく》を見れたんじゃないのかい？」

「お恥ずかしながら、サラマンダーの圧力に目を閉じてしまって」

「あはは、それは仕方ない。なんせ相手はS級冒険者でも手こずる竜族のモンスターだ。しかし、君も十分活躍しているじゃないか」

「いえいえ、僕なんか全然ですよ」

「ああ、そうだ。ほらこれ、約束の五〇〇〇ゴルドだ。助かったよ」

ザッバスは懐《ふところ》から五枚の札を出してアミトに渡した。

「わあ！　ありがとうございます！」

喜ぶアミトを見てニコニコしながら、ザッバスはフライトにも声をかける。

「フライト君。『鋼鉄』の口座にも追って報酬を振り込んでおくから後日、確認しておいてくれ」

冒険者クランの報酬は基本、役所での手渡しとなっているが、今回は課報室からの裏任務。金額も大きく、表立って支払いできないため、クランが利用している銀行の口座に振り込む形となる。課報室からの依頼は大抵がこの手順を踏んでいる。

しかし、ザッバスの言葉に『鋼鉄』のメンバーが血相を変えた。

「いや、ザッバスさん。こ、今回は報酬なしで大丈夫だ！」

「何を言っているんだ、フライト君。これは歴《れっき》としたギルドからの依頼だ。報酬を支払わないわけにはいかないよ」

フライトに続いて、ミレイユも声を上げる。

「じゃ、じゃあ、ギルドにそのまま寄付ってのはどう？　新人冒険者の育成に使うとか。ねえ、みんな！」

「うむ、ミレイユ嬢、良いことを言った！」

「そうですね、私もミレイユさんに賛成です！」

やけに必死な『鋼鉄』のメンバーにザッバスは戸惑《とまど》いながらも応《こた》える。

「みんなしてどうしたんだい。いつもはイレギュラーな依頼があった時はちゃんと報酬を受け取ってくれるじゃないか」

が、フライトも引かない。

「いや、今回はほら、放っておくとアルバランに直接的な被害がありそうだったわけだし、そうなるとギルドだけじゃなくて俺たち冒険者全体の問題になるわけだし、まあ、あとアミトが手伝ってくれた……てのもあるし」

「……うーん、そうかい？　まあ、そこまで言うなら一旦保留《いったんほりゅう》にはしておこう。室長に相談した上でまた連絡するよ」

「ああ、そうしてくれ」

そんなやり取りを見て何か思ったのか、アミトがザッバスに先ほど受け取った五〇〇〇ゴルドを差し出した。

「あ、あの……僕もお返しします。『鋼鉄』のメンバーが報酬を受け取らないのに、僕だけもらうのはちょっと」

それに反論したのはザッバスではなく『鋼鉄』のメンバーだった。それも激しく。

「やめろアミト！　おまえは受け取れ！」

「そうだよ！　それだけは受け取ってお願い！」

「アミト少年よ、主が遠慮《えんりょ》することではない！」

「そうですアミトさん！　絶対に受け取ってください。絶対に!!」

あまりの圧にアミトはたじろぎながらも、差し出していたお札を手元に引っ込めた。

「あはは、アミト君。君が遠慮することはない。『鋼鉄』は『鋼鉄』なりの判断をしたまで。その五〇〇〇ゴルドは君がした仕事の報酬だ。君にとって初めてのクエスト報酬だろ？」

「初めてのクエスト報酬……。はい！」

アミトは改めて嬉しそうに五〇〇〇ゴルドを握りしめた。

それを見て、『鋼鉄』のメンバーはホッとため息を漏らすのであった。

＊

ドタカワ村からアルバランに戻る道を二台の獣車が進んでいた。アミトは先頭を行くキャビンに乗り、心地よい箱の揺れに眠気を誘われ、いつの間にかぐっすりと眠っていた。向かいに座っていたギルド諜報室の二人も、しばしの休息をとる。

一方、後方に続く獣車のキャビンでは『鋼鉄』のメンバーが向かい合わせで顔を寄せ、会議を開いていた。

フライトは誰に聞かれるわけでもないのに、小声でメンバーに問いかける。

「まず、状況を整理したい。あれは……アミトの魔法で間違いないよな？」

答えるのはエルマだ。

「はい、私が一番近くで見ていたので断言できます。あれはアミトさんが打った氷魔法です」

続いてグラニュートが腕を組み、話を進める。

「しかし聞いたことのない氷魔法であった。確か……」

「アイスバンだよ」

この中で最も魔法に詳しいミレイユが即答した。

「知ってるのかミレイユ？」

フライトの質問にミレイユは一瞬、間をおいて、低い声で答える。

「始祖《しそ》魔法……」

全員がミレイユを見た。

神が使っていたといわれる、魔法の原点。S級冒険者でもその存在を知る者は少なく、かろうじて噂を聞いていた『鋼鉄』の面々ですら、眉唾物《まゆつばもの》くらいの認識でいた。そんな創作物から飛び出してきたようなトンデモ魔法を冒険者見習いが使ったなんて、それこそ信じるほうが笑い者にされそうな冗談である。

しかし、『鋼鉄』は今日の出来事を思い出していた。

とっくに体は温まったというのに、四人一斉に身震《みぶる》いをしながら……。

「アイスバン‼」

アミトの詠唱が終わったと同時に、周囲が白い霧で覆われた。

そして、時が止まったかのような静寂が訪れたかと思ったら、次の瞬間には凍てつく冷気の大波が森を切り裂くように爆散《ばくさん》する。

鉄をも溶かすといわれるサラマンダーの鱗は、その熱を全て奪われ細胞を静止させる。四頭のサラマンダーは抵抗する間もなく絶命し、地面に硬直したまま倒れ伏した。

アミトの放ったアイスバンの冷気が襲ったのはサラマンダーにとどまらない。広範囲型の属性が仇《あだ》となり『鋼鉄』にまで影響を及ぼす。その間、わずか〇・七秒。

「「「「即効防壁発動！」」」」

全員が同じタイミングで自己防衛のスキルを発動した。

彼らでなければ反応できない速度。しかし、発動はできても、冷気はその防壁すらパキパキと凍らせる。フライトは全ての意識を防壁維持に割《さ》くが、

（おいおい、なんだよこれ。シャレになんねーだろ！）

ひとたび防壁に穴が開くと一気に瓦解《がかい》していった。

冷気が四人の肉体に届くギリギリのところでアイスバンの発動が終わり、白い霧が結晶となって空へ消えていった。

『鋼鉄』は全員が全員、唇《くちびる》を真紫《まむらさき》に変え、凍《こご》えていた。

残っているのは氷で包まれた森と、アミトが一瞬で四頭のサラマンダーを討伐したという事実だけである。

フライトたちはもう一度体をブルブルと震わせた。

「死ぬかと思った……」

「私も。マジで危なかった」

「まさかアミト少年があそこまでの力を……」

「アミトさんの打った魔法が本当にミレイユさんの言う始祖魔法なら、あの人はいったい何者なんでしょうか」

エルマはそう口に出したことで、アミトがしていた『祈り』のことも思い出す。

「そういえば、あの人、MP回復のスキルも使っていました」

「は⁉ どういうことエルマ？ MP回復なんて物理的にありえないじゃない」

「ミレイユ嬢、それを言うなら始祖魔法の時点でありえん」

ますますアミトが何者なのか、わからなくなっている『鋼鉄』。

ただ、一つだけ間違いなさそうな事実をフライトがボソリとつぶやいた。

「アミト、俺たちより強いんじゃね？」

異論《いろん》を唱《とな》える者は一人としていなかった。

＊

青く澄《す》んだ夜。受付を終え、暗くなった大冒険者ギルドの廊下《ろうか》を、ナーナ・ホンスキンは一人、静かに歩いていた。

そのまま明かりが漏れる諜報室に入る。

「お疲れ様です、室長。今日は酒場休みでしたっけ？」

副室長席に座っていたザッバスが席を立ち、ナーナに頭を下げる。

「シフトがちょっと変わってね。今日はスフィアちゃんの休みだったんだけど、代わったの。この前、一人で仕込みやらされたから」

やってきたナーナに、ドタカワ村での報告書を書いていたダスバルも立ち上がり、挨拶する。

「お疲れ様です、室長」

「こら、君は室長じゃなくてナーナさんって呼ぶように指示したわよね、ダスバル君」

「あっ、失礼しました」

「この前もアミト君の前で室長って呼びそうになったでしょう？　混乱するなら普段から呼び方固定しないと」

「おっしゃる通りです。つい室長呼びしてしまい」

「いい？　私が『夕闇の宴』で働いているのも諜報活動の一環《いっかん》なのよ。今や、あの酒場はアルバラン一、情報が集まる場所なんだから」

「確かにS級冒険者が集まることで必然的に情報も集まりやすい場所ではありますが。何も室長自ら潜入《せんにゅう》しなくても」

「あなたとザッバス君どちらかでもマスターの面接通れる自信があるなら今からでも代わってもいいわよ」

ザッバスが微苦笑《びくしょう》しながら答える。

「あはは、それは無理ですね」

「ところでザッバス君！　あなたがアミト君に『鋼鉄』の手伝いを依頼したんですって!?」

「はい。彼も借金があり困っているとのことでしたから。ダメでしたか？」

「危ないでしょ！　あんなかわいい……じゃなくてか弱そうな子をサラマンダーの前に連れてくなんて！」

「『鋼鉄』が一緒なら大丈夫かなと」

「それは……そうかもしれないけど。とにかく、アミト君に危険なことはさせちゃダメ！」

「承知いたしました」

「あとダスバル君！　アミト君が見習いってどういうこと！」

「それは、その、そういう結果が出たので。あれ、室長……じゃなくてナーナさんは坊主に危険なことさせたくないんですよね？　じゃあ見習いのほうがかえって安全なのでは？」

「そうだけどアミト君落ち込んでたから、かわいそうでしょう！」

（めちゃくちゃだ、この人）

「あとでアミト君の審査結果、私のとこに持ってきなさい」

「わかりました」

ナーナは頬を膨らませながら奥の室長席に座った。

正面の壁にはギルド創設者である、カプレカ・ホンスキンの肖像画《しょうぞうが》が飾《かざ》られている。

（アミト君は私が守る……！）

殺伐《さつばつ》とした仕事の日々に癒やしをくれた天使のような少年。

家柄でもなく、役職でもなく、自分を一人の人間として慕ってくれた、カワイイ後輩。

そんなアミトに、大冒険者ギルド諜報室長は、ただただ私情で母性を爆発させていた。

# 第六話「そこの少年、私と勝負しろ」

サラマンダー討伐《とうばつ》から数日後の夜。

今夜も賑《にぎ》わう『夕闇《ゆうやみ》の宴《うたげ》』で、ナーナが不機嫌《ふきげん》そうにエールを運んでいた。

「ナーナさんどうしたんですかね」

アミトがカウンターで食器を拭《ふ》きながらロッテに聞いた。

「さあな」

新作のカクテルを調合しながらロッテが興味《きょうみ》なさそうに答えると、ちょうどそこにナーナが戻ってきた。

「さあな、じゃありませんよ！　私が不機嫌な理由わかってるでしょマスター！」

「いや、わからん」

「あれですよ！　あれ！」

ナーナがビシッビシッと何度も指を指したのは入り口のドアだ。表面に一枚の紙が貼《は》られている。

『お手伝い始めました。　一回五〇〇〇〇ゴルドでなんでもします。　アミト』

「あんなの貼ったら、この前みたいな危険な依頼がアミト君にたくさん来ちゃうでしょ！　ここはS級冒険者だらけなんですよ！」

「だ、そうだアミト。あんまり目立つなよ。ここは隠《かく》れ家《が》酒場なんだ」

「あなたに言ってるんですマスター！　アミト君に責任転嫁《せきにんてんか》すな！」

アミトは二人のケンカ……いや、ナーナの一方的な説教《せっきょう》？　に萎縮しつつ、念のため答える。

「大丈夫だよナーナさん。あれからいくつかお手伝いの依頼受けたけど、逃げ出した飼い猫の捜索《そうさく》だったり、引っ越しのお手伝い、あとはアイテム屋の棚卸《たなおろ》し、なんていう仕事ばっかりだから。さすがにS級冒険者さんたちも僕《ぼく》みたいな冒険者見習いに危険なクエストの手伝いはそうそう頼まないよ」

「だ、そうだナーナ。借金返済のために頑張ってるんだ、ドアにチラシを貼るくらい許してやれ」

「マスターはもう黙《だま》っててください！」

ナーナの怒りがおさまらない中、そのチラシの貼られたドアがカランカランとベルを鳴《な》らす。

入ってきたのは『鋼鉄』の四人だ。

「おう、アミト元気か？」

「フライトさん、いらっしゃい」

「もう、毎回その冗談《じょうだん》言うのやめてくださいよ」

フライトを軽くいなすアミトの横で冗談と受け取らない人物が吊《つ》り上がっていた眉《まゆ》の角度をさらに鋭角《えいかく》にさせた。

「フライトさーん、うちのアミト君に変な勧誘しないでくれますかー？　S級冒険者が見習いの少年をクランに誘うなんて、傍《はた》から見たら弱者を笑い者にしたイジメにしか見えませんよー？」

「いや、割と本気なん……」

「ま、さ、か。本気なんて言わないですよね？　なんですか？　アイテム持ちにちょうどいいとか思ってます？　そんな理由であなたたち『鋼鉄』が行くような危険なクエストに私のアミト君を連れて行こうと思ってます？」

「いや、まあ、あはは……冗談だよ冗談」

手のひらを見せ、まあまあとハンドサインでナーナに落ち着くよう促《うなが》すフライト。その後ろでミレイユがボソリとつぶやく。

「過保護《かほご》な姉的ポジション」

「私とアミト君は同い年だけど？」

しっかり聞いているナーナ。

「同じ同い年でも一方の私は共にサラマンダーを討伐した幼馴染み《おさななじ》的ポジション。つまり将来的に結ばれる的ポジション。本妻的《ほんさいてき》ポジション」

ひるまないミレイユ。

バチバチと火花が散り、周りの男性陣が引いていると、再びドアベルが鳴った。

今回の入店は『鋼鉄』よりも多い団体だ。

ザッと十数人はいる。

白銀《しろがね》のアーマー、腰に下げた十字剣。そしてとがった耳。いつも酒場にいる冒険者とは、また違うオーラを纏《まと》った騎士《きし》たちがやって来たのを見て、客席からどよめきが起こる。その声をまとめるかのようにフライトが言った。

「クルッセル公認の『白騎士』さんが来るとは珍しいじゃねーか」

公認指定冒険者クラン。

国が大冒険者ギルドを通さずに護衛《ごえい》やダンジョンの調査を直接に依頼する、指定された冒険者クラン。そのほとんどがA級以上の冒険者で構成されているため、クランの戦闘力も高い。この騎士団は四大国の一つクルッセルの公認指定冒険者クランというわけである。

アミトも以前ナーナからその存在は教えてもらっていたが、実際に会うのは初めてだ。

先頭に立っていた金髪の騎士とアミトの視線が一瞬合う。背が高く、透明感がある女性だ。鼻筋も通っていて、ミレイユやナーナのような可愛らしさとは別の、美人顔。他の騎士と同じく耳の先がとがっているのでエルフなのかもしれない。アミトは本物のエルフが見られたことに少しテンションが上がっていた。

金髪の騎士はそのままアミトから視線を外し、フライトに答えた。

「翌週に控えた決闘祭《バトルガラ》の出場メンバーを決めたくてな。まあ、今年も私が優勝で終わるだろうが」

若干《じゃっかん》の不穏《ふおん》な空気を感じながらも、アミトはナーナに耳打ちして聞く。

「決闘祭ってなんだっけ?」

「アルバランで毎年行われるお祭りよ。各国の冒険者がトーナメント形式でバトルする一大イベントね。それで毎年優勝しているのがそこにいるエルフ族のS級冒険者、リサさんよ。クルッセル公認クラン『白騎士』の騎士団長でもあるわ」

「毎年⁉ フライトさんやミレイユさんを差し置いて?」

「フライトさんは一昨年に準優勝、去年はミレイユちゃんが準優勝ね」

「つまり決勝戦で二人とも下してるってことか……」

「冒険者の格っていうのは職業の役割によって変わるから一概《いちがい》に言えないんだけど、純粋な戦闘技術だけで言ったら、アルバランで最強なのは彼女か『鋼鉄』の団長ね」

「『鋼鉄』の団長って、今アイスドラゴンの討伐に行ってる人か。その人は優勝したことないの?」

「『鋼鉄』の団長はお祭り事が嫌いみたいで、決闘祭にも出場したことないから。リサさんと

『鋼鉄』の団長どっちが強いかっていうのはアルバラン七不思議の一つね」

異世界にも七不思議ってあるんだと呑気なことを思うアミトは、改めてリサを見た。美人だなあという、浅い感想が恥ずかしくなるほどに、彼女の印象が歴戦の騎士へと一転する。人の目などいい加減なものである。

そんなリサはフライトたちを煽《あお》るだけ煽って、団体用のテーブル席に足を運んだ。

「ったく、相変わらずな騎士様だぜ」

フライトもやれやれといった様子で、『鋼鉄』の面々を連れて四人席に移動する。

「リサさんて気難しい人なのかな。ちょっとピリピリしてたような」

アミトが聞く。

「そうでもないわよ。まあ、ちょっと負けず嫌いなとこがあるけど、普段はいい人よ」

「そうなんだ」

ナーナの返答に少し安心するアミトだった。

*

「っしゃおらああ――――!!」

ひょんなことから『夕闇の宴』で突如《とつじょ》、ある余興《よきょう》が始まった。近づいてきた決闘祭の予行演習でもしようかなんて誰かの挑発《ちょうはつ》から火がつき、気付いたら冒険者総出で酒場のテーブルや椅子を移動し舞台が作られていた。中央には二人用の丸テーブルが一つ。

力と力のぶつかり合い。

アルバラン大腕相撲《うでずもう》大会ＩＮ『夕闇の宴』が開催されたのだ。

大会委員長はロッテ。戦場となるテーブルが最もよく見える位置に椅子を置き、ドカンと足を開いて座っている。店主公認……というか店主が一番ノリノリである。

そして、勝ち抜き方式で繰り広げられている本大会、五度目の勝負が終わり、勝者の雄叫びが上がったのだ。

「黒鬼退治かんりょうおおおお!!」

フライトの右手をテーブルに叩《たた》きつけたリサの声である。彼女の勝利に周りの冒険者や『白騎士』のメンバーから歓声《かんせい》が飛ぶ。

（いや、ちょっとどころじゃない負けず嫌いっぷりだよ！）

冒険者に紛《まぎ》れて観戦していたアミトは、リサの変わりようにまあまあ引いていた。腕相撲が始まるまでに、だいぶ酒も入ってはいたようだが、さすがに第一印象と別人である。

勝利を手にして満足げなリサ。その横でテーブルにうなだれながらフライトが言う。

「待て、リサ。今のはあれだ、油断していた。もう一回だ！」

（こっちはこっちで往生際《おうじょうぎわ》が悪すぎるよ！　油断して負けたなら立派な負けだよ！　そんな

フライトさん見たくなかったよ！）

「ここが戦場なら貴様はもう死んでいる。死者の言葉は生者に届かん」

（そして、リサさんの返し辛辣《しんらつ》だよ！　見てよフライトさんすごいションボリしてるよ！

腕相撲に負けて落ち込むフライトさん見たくなかったよ！）

あまりに惨《みじ》めなフライトを庇《かば》うようにミレイユがリサの前に出た。

「ちょっと言い過ぎよこの背デカ！」

（悪口が小学生より酷《ひど》いよミレイユさん！）

「なんだ、ミレイユ。副団長の仇《かたき》でも取るか？　去年の決闘祭のように泣いても知らんぞ」

「泣いてないわよ！　そもそも決闘祭は魔力制限があって魔法使いに不利なのよ！」

「ふん、言い訳が見苦しいな。そんなに悔《くや》しかったら今リベンジを受け付けるぞ」

「グッ……それは」

まあ、ミレイユが渋るのも当然だ。アルバラン最強の戦士であるフライトを倒した、アルバラン最強の剣士リサ。パワーだけを求められる条件じゃあ、魔力特化の魔法使いが入る余地はない。

「じゃあ、代打でアタシがやろうかミレイユ」

ミレイユに声をかけたのはスフィアだった。腕相撲大会が始まって注文も入らなくなったので、アミトたちと一緒に観戦していた彼女だったが、何を思ったか、肩を回してリサの前に出る。

「スフィア……！」

ミレイユは目をウルウルさせながらスフィアの手を摑《つか》む。

「一応、『鋼鉄』はウチの常連だからなあ。あんまりイジメられちゃ見てらんねーぜ。それにアタシも冒険者だからな。『白騎士』の騎士団長様とは一回やってみてーと思ってたんだよ」

「ソロの鎌使《かまつか》いか。私もここは何度か利用させてもらっているが、毎晩来なきゃ常連として認めないのかこの酒場は？」

「人間てのは情があるからな。たくさん来てくれる客の方がカワイイだろ、そりゃあ」

「ふっ……正直な奴は嫌《きら》いじゃない。六戦目と行こうか」

「やってやるよ。いいだろマスター？」

相変わらずドッシリと構えているロッテは、スフィアに向けてサムズアップだけして頷いた。

ここまでリサは一戦目からずっと勝ち抜いている。その腕力は伊達《だて》じゃない。

一方でスフィアは自分の身長に匹敵《ひってき》するほど巨大な鎌を武器としている。厨房でも毎晩、重たい鍋を振っている。腕力はそれなりにありそうだ。アミトが周りを見回してみても、観戦している冒険者の反応から、意外とスフィアにも勝機がありそうな組み合わせであることがうかがえる。

（僕は、『夕闇の宴』の店員だし、スフィアを応援するか）

「がんばれ、スフィア」

アミトが言うと、リサから刃物のように鋭利《えいり》な視線が向けられた。

(怖《こわ》っ。ガチすぎるよあの人……)

「おいおい集中しろよ騎士団長さんよお」

よそ見をしているリサをスフィアが煽る。

「すまない。集中しなくても勝てそうだったんでな」

カウンターをお見舞いするリサ。

両者の腕が組まれ、テーブルにセットされた。

冒険者の一人が合図を出す。


「レディ……ゴー!」


握《にぎ》られた二つの手が一瞬激しく揺《ゆ》れたのち、三〇度ほど傾いてピタッと止まった。

テーブルまでの残り六〇度を耐えているのはスフィアだった。

「大したことないな鎌使いの少女」

「だまれ……」

スフィアが歯を食いしばるのと連動してツインテールがかすかに震える。

（なんだこのバケモン……本当に女かよ）

虚勢《きょせい》を張っているものの、この角度を維持《いじ》しているのがやっとだった。どれだけ力を入れてもここから持ち上がる気がしない。スフィアの表情から余裕の色が消えていた。

「まあ、私の腕を一瞬でも止めることができたのは黒鬼と貴様だけだ。誇っていいぞ」

そう言って、リサは右腕に力を込め、
ズドンッ!!

テーブルにスフィアの手を叩きつけた。

「くっそー、つえー！」

スフィアはテーブルにうなだれて悔しがる。

リサを応援していた騎士たちだけでなく、常連の冒険者たちもリサの連勝っぷりにボルテージが上がっていた。

そこへ満を持して現れた者がいる。

「うむ、トイレに行っている間に、だいぶ盛り上がっていたようだな」

店内の奥から悠然《ゆうぜん》と歩いてきた大男に、『鋼鉄』の面々が歓喜の声を上げた。

「グラニュート！」

この場で間違いなく最も大きな肉体を持つであろう、『鋼鉄』の最大火力、グラニュート。

彼の登場で酒場の盛り上がりは最高潮《さいこうちょう》を迎えた。

誰しもが共通して持っていた認識。グラニュートを倒さずして、腕力王は名乗れない。リサもそれは承知していたようで、ニヤリと笑ってグラニュートに拳を突き出す。

「逃げたかと思ったぞ、拳王グラニュート」

「リサ嬢《じょう》、主《ぬし》も三十代を迎えればわかる。年々、トイレが近くなるものだ。ああ、長寿《ちょうじゅ》のエルフ族にはピンと来ない話であるか」

「ちゃんと手は洗ってきただろうな？」

「もちろんだ。ワシはこう見えて潔癖《けっぺき》だ」

「さあ、やるぞ。貴様を倒さねばここにいる全員が納得しない」

「その様子だとフライトはもう下したようだな」

そうだ、敵討《かたきう》ちは任せたぞ、と言わんばかりにフライトは腕を組んでうんうんと頷《うなず》いている。その横で両手をグーにして緊張の表情を浮かべているミレイユに、アミトは小声で聞いた。

「ねえねえ、ミレイユさん。さすがにリサさんでもグラニュートさんとやるのは結果が目に見えてない？　いくらなんでも体格が違いすぎるよ」

「いや……そんな簡単にはいかないかな。確かにグラニュートのバカ力はアルバラン一と言ってもいいけど、リサはリサでエルフ族の血を引いてるからね。そもそものステータスが高いし、力の使い方が上手《うま》い。それに、あいつはまだ……」

ミレイユが何かを言いかけたところで、リサとグラニュートのセットが終わり、会話をかき消すほどに酒場が熱狂の渦に包まれる。

「やれええええグラニュート!!」「負けんなよリサあああ！」「頼むぜええええええ！」

あちこちから飛び交う喚声。端に寄せたテーブルでは札や硬貨を出して賭《か》けをしている冒険者もいる。

まるでロックバンドのライブ会場にいるような音と熱にアミトもドキドキしてきた。

審判役の冒険者が、重なったリサとグラニュートの手に指の先をのせる。

「レディ……」


「ゴーッッッ!!」


互いの腕力が一点に集中されぶつかり合う衝撃が、テーブルを伝って酒場の床に小さな地震を起こした。たまらず尻《しり》もちをつく冒険者も出る中、二人の勝負は拮抗《きっこう》状態。いや、グラニュートの方がやや優勢か。

徐々に、ほんの数ミリずつ、リサの手の甲がテーブルに近づく。

「ふむ、なかなか筋がいいぞリサ嬢。だが、筋肉が足りんようだ」

「さすが……拳王と呼ばれるだけある男だ……。奥歯が軋《きし》んで痛い」

これまで常に余裕を見せていたリサの表情が初めて崩《くず》れている。

リサの歯ぎしりにつられ、アミトも顔に力が入る。

(すごい……これがS級冒険者同士の戦い……!)

ただの腕相撲とは思えぬほどの緊迫感《きんぱくかん》が酒場に広がる。ドシリと座っていたロッテでさえ、立ち上がって勝負の行方《ゆくえ》を追っていた。

「そろそろゲームオーバーが近づいてきたなリサ嬢。本気を出さんでいいのか?」

「ふん……十分、本気だ。だが……拳王、貴様には本気の上を見せる必要がありそうだ」

リサの目が碧《あお》く光った。長い金髪は静電気を帯びたように微《かす》かに逆立ち、優勢だったグラニュートの腕を押し返し始める。

それを見てミレイユがつぶやく。

「やっぱり。リサ……碧眼《へきがん》を使ったわね」

「碧眼?」

アミトが聞く。

「一時的にステータスを上昇させるエルフ族特有の能力よ」

碧眼によってリサの腕はどんどんとテーブルから離れ、とうとう形勢が逆転。今度はグラニュートの手の甲がテーブルへと追い詰められる。

ミレイユの横でフライトが両手を上げて抗議する。

「おいリサ！　碧眼でステータス上げるなんて卑怯《ひきょう》だぞ！」

「黙れ黒鬼。碧眼は魔法でもなければスキルでもない、エルフ族が持つ先天的な力だ。ゆえにステータスを上昇させているのではなく、本来のステータスを一時的に解放しているだけにすぎん」

リサはフライトに言うと、視線を移し、碧く光った目でグラニュートをまっすぐに見た。

「というわけだ。すまんな、拳王。勝たせてもらうぞ」

「ふっ……本気を煽った手前、言い訳はできん。恐ろしい騎士だ、リサ嬢」

「はあぁっ!!」

リサの咆哮と共にグラニュートの手がテーブルに叩きつけられた。

酒場に大歓声が上がり、決着がつく。

「くは～っ。クルッセルの騎士は誠に強い。完敗だ、ガハハハッ！」

グラニュートは手首を振って豪快に笑う。

フライトたちは悔しそうに地団駄を踏み、クルッセル公認指定クランの『白騎士』はジョッキを掲げ、喜びのダンスを踊りだす。端の方では賭けに負けたのか数名の冒険者たちが泣きわめいていた。嬉しそうに札を数えている冒険者の中にはスフィアも紛れている。アミトはそれを横目に、自分がプレイヤーとして負けたばかりの相手にベットできるスフィアのメンタルに呆《あき》れつつも感心する。

かくして、第一回「アルバラン大腕相撲大会ＩＮ『夕闇の宴』」は予想以上の盛り上がりを見せ、リサの優勝で幕を閉じた。

かと誰もが思っていたのだが、当の優勝者は納得のいかない表情を浮かべていた。次第に周りの冒険者たちもそれに気付き、リサに注目が集まる。

リサにとって『夕闇の宴』への来訪は数ヶ月ぶりのものとなる。久しぶりにそのドアをくぐったリサは入店するや否や、異様な違和感を覚えた。膨大《ぼうだい》な魔力。いや……それに似た何か。

その根源《こんげん》に改めて視線を向ける。

「そこの少年、私と勝負しろ」

酒場にいた全員がリサの視線を追い、一人の少年をとらえた。

「え、僕？」

アミトだ。

冒険者たちもどよめきだす。

「他の冒険者に話は聞いている。最近この酒場に入った新入りらしいな」

「はい、アミトといいます。挨拶《あいさつ》が遅れてすみません」

「よし、勝負しろ」

「いやいや、聞いていると思いますが、僕はただの冒険者見習いですよ？」

「ああ、聞いている。さあ、勝負だ」

「この人怖い！」


そんな二人の様子を見て、スフィアが札束《さつたば》を数えていた手を止めた。

「なんだよ、アミトが相手じゃ賭けになんねーな」

一緒に賭けをしていた冒険者も頭に手を回し、

「だな。クルッセルの騎士団長様、運動のしすぎで悪酔いしてんじゃねーか？　アミトなんてただのかわいい坊主だぜ？」

つまらなそうな顔で酒をあおる冒険者に、スフィアは一度天井を見上げ、悪そうな笑顔を浮かべて言った。

「いや、やっぱりやろう。賭け」

「はあ？　騎士団長様以外のベット先がねーのにギャンブルが成立しねーだろスフィア」

「アタシはアミトにベットする。三〇万ゴルドでどうだ？」

「おいおい、正気かよ。騎士団長様が悪酔いしてたとしても、さすがに紋なしのアミトにゃ負けねーだろ」

「どうかな、酒の力は怖いからな」

「まあ、おまえがいいなら俺にとっちゃ美味《おい》しい話だ。いいぜ乗ってやる」

隅《すみ》で賭けが成立する一方、中央の押し問答は続いていた。

「リサさん、さすがに僕じゃ試合にならないですよ」

「勝敗がつけば試合としては成立する」

「いや、でも……」

「なら、そこのチラシに書いてある、お手伝いってのを頼もう。私と腕相撲をする手伝いだ」

「お手伝いでもなんでもない！」

「一回五〇〇〇ゴルドでなんでもするんだろう？」

「まあ……そうですけど」

アミトがリサの屁理屈に押し負けそうになっていると、『鋼鉄』の面々がリサを止めに入った。

「おいリサ、アミトとだけはやめておけ」

「そうよリサ。グラニュートに勝ったんだから十分じゃない」

フライトたちは察《さっ》していた。エルフ族は魔力探知が得意だ。恐らくリサもアミトに何かを感じたのだろう。負けず嫌いのリサが、この場で一番にならないと気が済まないのも理解できる。しかし、サラマンダーの一件でアミトの魔法を実際に目の当《ま》たり《あ》にした『鋼鉄』としては、おいそれとこの勝負を認めるわけにはいかないのだ。どうもアミトは自分の実力を過小評価している上に、その力を制御《せいぎょ》できるかも怪しい。下手したらリサが危ない。

そんなフライトたちの気も知らずにリサは訝《いぶか》しげに目を細める。

「なぜ貴様らがそんなに必死になる？」

「それは、あれだよ。ほらアミトは冒険者見習いなんだから、S級のおまえとじゃ力の差がありすぎる」

「ケガさせるかもしれないでしょ？　たかが腕相撲なんだからそんな熱くならなくても」

「その通り、たかが腕相撲だ。どれだけ力の差があろうと、ケガなんてしない」

フライトと、ミレイユは額《ひたい》に右手を当てる。こうなったリサはダメだ。負けず嫌いの騎士団長は標的を決めたら引くことを知らない。

「まあ、しかし貴様らの言うことも一理ある。相手はこの酒場の従業員だ。店主の許可は必要だろう。マスター、この少年との勝負をさせてくれないか？」

振られたロッテに酒場中の視線が集まる。

「かまわん」

フライトとミレイユは左手も額に当てた。店主がこの放任主義じゃ止めようがない。この場にナーナがいればロッテにガツンと言ってくれるだろうが、あいにく彼女は腕相撲大会が始まるちょっと前から買い出しに行って留守だ。打つ手なし。フライトとミレイユはガクリと肩を落とす。

そんな二人の肩をグラニュートが引いた。そして、一人でアワアワしていたエルマも含《ふく》めて、全員に耳打ちをする。

「こうなっては仕方ない、やらせよう。ワシらが見たのはアミト少年の魔力だけだ。確かに少年の魔法は規格外のものであったが、案外ステータスは並かもしれん。彼の総合的な実力を測《はか》るいい機会になるかもしれん」

とは言いつつ、グラニュートは一言、付け加える。

「一応……準備はしておいてくれエルマ嬢」

しぶしぶと五〇〇〇ゴルドを受け取り、リサと対面したアミトは、弱々しくテーブルに肘《ひじ》をつく。

「あ、あのー本当に一瞬で終わると思いますよ？」

（ただでさえ僕はクラスで腕相撲最弱とバカにされてたんだから……。ああ、あの参加したくもないのに無理やり陽キャ男子と腕相撲を組まされた教室の光景がフラッシュバックする……）

アミトの言葉を受け、リサも肘をついて、アミトの手を強く握る。

（一瞬？　ふっ……この私を挑発《ちょうはつ》するとはな）

「面白い……」

ニヤリと笑うリサを前にアミトも手を握り返す。

（え、何が面白いの？　この人スマーフしてザコ狩《が》り楽しむタイプ？）

互いに左手でテーブルの端をつかみ、セットが終わった。

周りの冒険者もなぜリサとアミトが？　と困惑しながら、とりあえず二人の元に集まってくる。

そして、審判役のかけ声と共に、異例の組み合わせによるエキシビションマッチが始まった。

「はあああああああっ!!」

リサが腹から声を張り上げ右腕に最大限の力を込める。その迫力に一同が息をのんだ。紋なしのアミト相手に少々、本気になりすぎでは？　そんな心配さえ起こるくらいのリサの気合。

まさに、勝敗は一瞬でつく……。


どころか、初期位置からピクリとも動いていなかった。


「はあっ！」「フンッ！」「らあっ！」

リサが何度、力を込め、体重をのせても、ビクともしない。

そして、当のアミトはというと。

「あの……リサさん遊んでます？」

リサのこめかみに青筋が走った。ピクピクと引きつる眉を押さえながら、リサは目を碧く光らせる。

「ぶち殺してやる……」

「え、なんで碧眼!? ちょ、ちょっとリサさん！」

「おらあああああああっ！」

「わー！」

ドンッ!! バキバキッ、ドゴオオオオンッ!!

リサの手が一瞬で叩きつけられ、そのままテーブルを砕《くだ》き、激しい衝突音《しょうとつおん》を立てて体ごと床にねじ伏《ふ》せられた。

「おげえええっ！」

リサが白目になって右腕を押さえながらのたうち回る。

周りの冒険者たちも唖然《あぜん》とする。

「エルマ！」

「はい、フライトさん！」

回復士のエルマがすぐにリサの元へと駆け寄り、恐らく折れているであろう右腕を回復させる。『鋼鉄』屈指《くっし》の回復士だけあって、リサの右腕はすぐに元の形に戻った。

荒く息を吐き、呆然《ぼうぜん》とするリサの前にアミトが慌《あわ》ててやってくる。

「すみませんリサさん！　まさか、そこまで酔っぱらってるとは思わなくて！」

「酔っぱら……ってる？」

リサはアミトの言葉が理解できないというような表情で聞き返す。

「はい。だってリサさん全然力入れてなかったじゃないですか。最初はリサさんがザコ狩りで遊ぶサイコパスな人だと勝手に勘違《かんちが》いしてて……それで碧眼なんて使ってくるから、僕ビックリして、つい少しだけ力入れちゃって」

「少しだけ……？」

「テーブルにダメージが蓄積《ちくせき》されて砕けるくらい、それまでに激しい戦いをしていたんですもんね。そりゃあアルコールも回って悪酔いしますよ。碧眼使っても一切力入ってなかったですもん」

「碧眼使っても一切力が入ってなかった？」

二人の会話を聞いていた冒険者たちが、「なんだ酔っぱらってたのか、そりゃそうか」と納得した様子を見せて散らばっていく。取り残されたリサはエルマの介抱《かいほう》を受けながら口をパクパクとしていた。その目には若干、涙が浮かんでいる。

察したフライトとミレイユがアミトの両肩をつかんでリサから遠ざける。

「あれ、フライトさん？　ミレイユさん？」

「アミト、もうそれ以上は何も言うな」

「そうよ。無垢《むく》さは時に人を傷つけるわ」

連行されるアミトの横で、ロッテがリサに向かって叫ぶ。

「おーい、リサ。テーブル弁償《べんしょう》な」

「「鬼畜《きちく》かあんたは‼」」

フライトとミレイユにツッコまれたロッテは顎《あご》に手を当て、

「じゃあ、アミト弁償な」

「ええ⁉　確かに最後の決定打は僕かもしれませんが……」

(最後も何も、おまえの一発だけだぞ)

とフライトが内心でこちらにもツッコむ。

「ロッテさん、テーブルいくらですか?」

「三万ゴルド」

「ううっ！　これまでのお手伝い料、六回分が……」

アミトの借金は少しだけ膨《ふく》らむのであった。

ちなみに翌日、カジノで豪遊《ごうゆう》するスフィアが目撃されたらしい。

# 第七話「あなたがエディの騎士？」

北東の『ジータニア』、北西の『クルッセル』、南東の『ゴルドラン』、南西の『ヒルダホームズ』。アルバランに隣接《りんせつ》する四大国は、互いの価値観を尊重しながらも戦略的互恵《ごけい》関係にある、いわば同盟国といえる。その中心にあるアルバランで、年に一度だけ各国の冒険者が公に戦うことを許されるのが『決闘祭《バトルガラ》』である。

当初は四大国の国家騎士団がその戦闘技術を競《きそ》うために催《もよお》されていた大会だったが、アルバランが世界冒険者機構に割譲《かつじょう》され冒険者が台頭していく中で、次第に国籍《こくせき》も関係ない種種雑多な手練《てだ》れたちが参加する大規模な祭りとなっていった。

もちろん、今や国家騎士団の代わりとなった四大国を代表する公認指定冒険者クランも毎年参加しており、その中でも、エルフ族の国クルッセルの騎士団長リサが今年優勝となれば前代未聞の三連覇《さんれんぱ》となる。

そんな決闘祭を翌々日《よくよくじつ》に控える夜。二連覇中の騎士団長様が、隠れ家酒場『夕闇《ゆうやみ》の宴《うたげ》』のカウンターで一人酒に溺《おぼ》れていた。

テーブルには何杯ものショットグラスが空《から》になって並んでいる。

それを見ていた周りの冒険者たちが小声で話していた。

「おいおい、あれ『白騎士』のリサだろ？　明後日が決闘祭だっていうのにあんな酔《よ》いつぶれて大丈夫なのか？」

「この前アミトに腕相撲で負けてから毎晩あの調子らしい。そんでアミトを見かけるたびに再戦挑《いど》んでるんだってよ。あ、ちょうど来た」

噂のアミトが食材の買い出しから酒場に戻ってきた。

「ただいま戻りましたー」

入り口に近い端《はし》の席で飲んだくれていたリサは、その姿を見るなりアミトの腕をつかむ。

「アミトぉぉ、勝負しろぉぉぉ。私は『白騎士』の騎士団長リサ・クライトスだぞぉぉ」

「あーあーリサさん、またそんな酔っぱらって。お水用意するから待っててください」

「私はっ、ひっ、酔っぱらってなああいっ」

そう言ってガンッと額《ひたい》をテーブルにぶつけるリサ。

それを見て冒険者は呆《あき》れながら、

「いや、腕相撲の時も酔っぱらって負けたんだから、再戦したきゃ素面《しらふ》の時に挑めよ」

と、失笑。

「おい、笑うな。リサに目つけられるぞ」

「ああ、すまん。つい」

しかし、時すでに遅し。リサの猛獣《もうじゅう》のような目が冒険者たちをロックオンしていた。

「やべえ、絡《から》まれたら面倒だ。目逸《そ》らせ」

威嚇《いかく》で歯を鳴らすリサ。

一方、その反対端にはジータニア大使の男がシレン酒を嗜《たしな》みながら、ロッテとカウンター越しに向かいあっていた。ロッテはできあがったつまみをテーブルに置き、男に言う。

「久しぶりに来たと思ったら随分《ずいぶん》、疲れた顔だな」

男は置かれたつまみを口に入れる。

「本国からエディリス王女がお忍びでアルバランに来てるんだ。決闘祭を観《み》たいって」

「ジータニアの王女は今年で十二歳だったたか。祭りにも興味がでる年頃だな」

「祭りだけならいいさ。だけど、あのじゃじゃ馬娘、アルバランの観光もしたいって聞かなくて。明日は一日大使館で大人しくしてもらう予定だったのに、街に出る気まんまんで困ってるんだよ」

「出させればいいじゃないか。いくらお忍びとはいえ、変装でもすれば問題ないだろ？　ただでさえ明日は前夜祭で人が多いんだ。王女だと気付く奴もいまい」

「簡単に言うけどロッテさん、一国の王女を付き添いや護衛《ごえい》なしで出歩かせるわけにはいかないだろう。私だって明日は決闘祭の準備で忙しいし、本国からは決闘祭の観戦だけだと釘を刺されている。公認クランに護衛を頼むわけにもいかないんだ」

ジータニアに限らず、アルバラン内で公認指定冒険者クランを動かすには本国の許可がいる。そのため本国が王女の外出を許可していない以上、公認クランも動かせないということだ。

「なるほどな。それで代わりの護衛を探しに、このS級冒険者だらけのウチに顔を出したってわけか」

「ああ、久しぶりに来た理由がこんなことで申し訳ないが、ここに来るS級冒険者たちは信用できる」

男はシレン酒のロックをカランと鳴らし、ロッテにおかわりを頼む。

「それで、アテは見つかったのか？」

「いやあ、ここに来て改めて認識したが、『鋼鉄』をはじめとしてS級冒険者は当然ながら有名人ばかり。護衛を頼んでもこの街じゃかえって目立ちそうで……。それに、国を通せない以上、依頼料は私のポケットマネーだ。なかなか用意した予算で引き受けてくれる冒険者もいなくて困ってるよ」

「そりゃそうだ」

「だけど、冒険者たちが口を揃《そろ》えて、『頼みごとならアミトにすればいい』と言っていたな。かなり評判がいいみたいだ」

「あれだ」

ロッテがおかわりのシレン酒を男に出し、そのまま入り口の貼り紙を指差した。

「一回五〇〇〇ゴルドでなんでもします……？　おお、たった五〇〇〇ゴルドで頼めるなら非常に助かるな」

「最近入ったうちの従業員だ。呼ぶか？」

「ああ、頼むよ」

「おい、アミト」

ロッテがアミトに声をかける。リサのテーブルに並んだ空のショットグラスを片づけていたところだ。

「はーい」

アミトがグラスを洗い場に置いて、トコトコとロッテの隣にやってくる。

「アミト、こちらはジータニアの大使だ。おまえに仕事を依頼したいらしい」

「本当ですか⁉　アミトです！　一回五〇〇〇ゴルドでなんでもします！」

やってきた小柄なアミトを見て、男は少し戸惑いながらロッテに耳打ちした。

「彼かい？」

「そうだ」

「えっと……」

男が改めてアミトを足から頭まで見直し、

「彼もS級冒険者？」

「いや、冒険者見習い。紋《もん》なしだ」

「紋なし……⁉　ロッテさん……確かに、案内だけならそっちの方が逆に目立たなくて都合がいい。冒険者たちの評判から彼が仕事に真面目《まじめ》であることもうかがえる。しかしだね……私が頼みたいのは案内兼『護衛』だ」

「大丈夫だ。こいつは『鋼鉄』のサポートもしたことがある」

「『鋼鉄』の……いや、でも」

「お墨《すみ》付きが欲しいなら聞いてやる」

そう言ってロッテは、近くの卓で今夜もクエスト帰りの打ち上げをしていた『鋼鉄』の四人に、カウンターから話しかける。

「おい、ジータニアの大使が王女の観光案内と護衛をアミトに頼みたいらしいんだが、おまえらどう思う」

『鋼鉄』の四人は食事の手を止めないまま、フライトから順に、

「いいんじゃやね？」

「うむ、最適解《さいてきかい》であるな」

「そうですね、なんの問題もありませんね」

「護衛はいいけど観光案内はダメ！　王女とデートってことだよね！　絶対ダメ！」

「最後のは無視していい。とりあえず、アルバラン最強クランからのお墨付きはもらえたな」

ロッテの言葉に男は一考。アミトを見る。話の流れもわからず、ただただ爽《さわ》やかで可愛らしい笑顔を浮かべている。

その表情を見て、納得したように男は言った。

「ロッテさんと『鋼鉄』が言うなら信じてみよう。アミト君、五〇〇〇ゴルドで依頼を頼むよ」

「はい、よろこんで！」


アミトによる王女護衛が決まったカウンターの反対端で、とがった耳がピクリとしていた。

＊

「あなたがエディの騎士《きし》？」

ジータニア大使館の前。変装をした王女エディリスがアミトに言った。決闘祭の前日、昼のことである。

王女エディリスは乙女色《おとめいろ》の艶《つや》やかな髪をハンチング帽に隠し、観光する準備万端といったところ。あどけなさが残る顔立ちはアイドルのようで、アミトは自分より背の低い少女を相手

に情けなくも緊張《きんちょう》してしまう。それを悟《さと》られたのか、

「なんだか頼《たよ》りなさそうね」

と、エディリスから軽侮《けいぶ》の目を向けられる。

「こらこら王女。案内をしてくださる方に失礼ですよ」

依頼主のジータニア大使がエディリスを諭《さと》しながら、アミトに頭を下げた。

「それではアミト君、王女をよろしくお願いいたします」

「はい、お任せください！」

大使館に戻っていく大使の背中を見送り、アミトは改めてエディリスに挨拶《あいさつ》をした。

「今日はよろしくね」

「ふん、いいから早く案内しなさい」

「あはは、じゃあ行こうか」

アミトはツンケンした王女様を前に、骨が折れる一日になりそうだと、覚悟《かくご》するのだった。

まず訪れたのはアルバランのシンボルである大冒険者ギルドの時計台。

「すごい！　想像していたよりも大きな時計台ね！」

エディリスは雲がかかりそうなほどに高い時計台を見上げ、目をキラキラとさせて喜ぶ。

(王女様といっても十二歳。かわいいところもあるみたいだ)

初見の印象とは違い、子供らしいところを見せるエディリスに、アミトは少し安心する。

「下が冒険者のギルドになってるんだよ」

「それくらい知ってるわよ」

（さっそく前言撤回《ぜんげんてっかい》しようかな……）

決闘祭の前日ということもあって、ギルドの扉《とびら》は閉まっている。代わりに時計台を囲む表通りにはたくさんの露店《ろてん》が並んでいた。射的に輪投げ、地方グルメに菓子屋。露店の他にメインストリートでは大道芸を披露《ひろう》している者もいる。アルバランに来て日が浅いアミトも、普段とはまた違う街の様子に、若干《じゃっかん》テンションが上がっていた。

「前夜祭は賑《にぎ》わうって聞いてたけど、思ってたより人が多いんだなー」

いつもと比べて人口密度は倍以上。冒険者や観光客でごった返している。

アミトはエディリスとはぐれないように手を握《にぎ》った。

「ちょっと、何するのよ」

「いや、人が多いから、はぐれたら大変かなって」

「子供扱いしないでくれる？　エディはもう大人なんだから」

「ごめんね。でも、どっちかっていうと僕がよく迷子になる方だから、手繋《つな》いでてもいいかな？」

「しょうがないわね。本当に頼りなさそうな騎士だわ。あ、あそこで売っている飴《あめ》ほしいわ」

そう言ってエディリスは、子供たちが集まっている飴屋の屋台を指さす。子供らしいのかそうでないのか、判断が難しいお姫様である。

「じゃあ、一つ買って食べようか」

大使からは依頼料と別に観光中に使うためのお小遣《こづか》いをもらっている。アミトはエディリスの手を引いて飴屋に並んだ。

「よう、アミトじゃないか。かわいい女の子連れてデートか?」

飴屋の店主は酒場に来る常連客だった。いつもの武装した姿ではなく、シャツにエプロンで子供たちに笑顔を振りまいている。

「デートじゃないですよ。親戚《しんせき》の子です」

「そりゃよかった。おまえがこんなかわいい女の子とデートなんてしてたら、過保護《かほご》のナーナとストーカー気質のミレイユが何をしでかすかわからないからな。決闘祭前に大騒動《だいそうどう》が起こるわ」

「あはは、二人ともそんなことで騒動起こす人じゃありませんよ。そこの飴一つください」

「あいよ。サービスでもう一つ付けてやる」

「いいんですか！　ありがとうございます！」

「おう、また酒場でな！」

常連客の店主から串に刺さった手作り飴を二つ貰い、アミトとエディリスは人混みをすり抜け落ち着ける場所に移動した。まるで夏祭りのような賑わいに、アミトは決闘祭がアルバランにとって特別なイベントなんだと、改めて感じる。

エディリスは飴の包装袋《ほうそうぶくろ》をはぎながら、機嫌悪《きげんわる》そうに、

「ちょっと、エディは親戚の子じゃないんだけど」

「だって王女様ってバレたら騒ぎになって大変でしょ？」

「そうじゃなくて、親戚のお姉さんって言いなさいよ」

「ああ、ごめんごめん」

「あなたってすぐ謝るのね。やっぱり頼りないわ」

（理不尽だ……）

乙女心って難しいなと思いつつ、アミトはエディリスと路地の石垣《いしがき》に座って飴を舐《な》める。

「今日は入れなかったけどギルドの中もすごい広いんだよ」

「へー、そうなの。アミトも冒険者なの？」

「いや、僕はまだ見習いなんだ」

「まあ、そうでしょうね」

（うう……地味に傷つく）

「もちろん職業は剣士よね？」

「ちゃんとは決まってないけど、魔法使いだよ」

「なんでよ！　エディの騎士なら剣士を目指しなさいよ！」

「その騎士ってやつ比喩《ひゆ》で言ってたんじゃないの⁉」

「ジータニアの王族は十五歳になると専属《せんぞく》の騎士が付くのよ。アミトはその候補《こうほ》なんでしょ？　大使が言ってたわ」

「えぇ……？」

（多分、僕を護衛に付ける口実で、大使がいろいろと考えた結果なんだろうけど……。仕方ない、付き合ってあげるか）

「まあ、エディが十五になるまで、まだ三年もあるし、今から剣士を目指しても遅くないわ」

「そうだね。実際、僕は魔法使いの適性あまりないみたいだし」

「まったく、手のかかりそうな騎士ね。それじゃあ、エディが理想の騎士になれるよう見繕《みつくろ》ってあげる」

「見繕う？」

「アルバランは商業も栄《さか》えてるんでしょ？　武器屋に案内してちょうだい。アミトに合う剣を買うわ」

そう言うとエディリスはぴょんと跳《は》ねてアミトの手を引いた。

「ほら、行くわよ」

「ああ、待ってエディリス！」

慌《あわ》てて石垣から降りるアミトは、エディリスの背中を追いながら、ふと後ろを振り返る。

（……今、誰かに見られていたような）

アミトの視線の先で、路地《ろじ》に潜《ひそ》む影がゆらりと揺《ゆ》れた。

（さすがアミト……完全に魔力を消していたはずなのに、気配だけでこちらに気付いたか。やはり、あの少年はただの酒場店員ではないようだ）

ローブのフードを脱ぎ、リサは家屋の物陰《ものかげ》からアミトとエディリスの動向を追う。

酔っぱらっていながらもハッキリと残っていた昨晩の記憶。それを頼りにリサは朝からジータニアの大使館に張り込み、アミトを尾行していたのだ。

（もう少し、慎重《しんちょう》に動くか……）

エディリスを連れて、アルバランにある大型の武器屋を何店舗《なんてんぽ》も回ったアミトだったが、どこも決闘祭前で閉店中。その中でようやく見つけた路地裏の小さな剣専門店に入り、二人は店頭に並ぶ品を眺めていた。

一言に剣といっても、ナイフやダガーのような短剣もあれば、ランスにレイピア、クレイモアと取り扱いの品は様々《さまざま》だ。もちろん値段もピンキリである。

「どれもパッとしないわね」

エディリスはまるで専門家のような口ぶりで吐き捨てる。

一方で、アミトはその金額の高さに口を開けて呆《ほう》けていた。

(比較的、安価な短剣類でも一〇万ゴルド以上……剣ってこんなにするんだ)

前夜祭セールという貼り紙が貼られ全品二〇%オフにはなっているものの、それでも十分に高い。冒険者は想像以上にお金がかかるらしい。なんてことを思うと同時に、自分が壊《こわ》してしまったロッテの剣を思い出すアミト。

(……がんばって弁償金稼《べんしょうきんかせ》がないと)

「ちょっと、アミトもボーっとしてないで、いいのないか探しなさいよ。自分の武器になるのよ」

「え、もしかして今日買うつもり?」

「当たり前じゃない」

「僕そんなお金ないよ」

「何言ってるの、エディの騎士なんだから、エディが出してあげるに決まってるでしょ」

「ええ!? いやいやダメだよ、僕なんかのために! それに、それってジータニアの国から出るお金じゃ……」

「安心しなさい。国のお金じゃなくてエディがプロデュースしてる香水ブランドで稼いだ、エディのお金だから」

「君、十二歳だよね!?」

「そうよ?」

「末恐ろしい！」

「グダグダうるさいわね。もういいわ、とりあえず店主を呼んできなさい。それくらいアミトでもできるでしょ？」

「店主さん？」

「そうよ」

「なんで？」

「ああ、もういいから早く行きなさいノロマ！」

「は、はい！」

十二歳の尻に敷かれる十七歳の男子。さすがに前世の高校生活でもパシリには使われてなかった。というか存在感が薄すぎてパシリにされるほどの興味すら向けられてなかっただけだが。

とにかく、言いつけ通り店主を呼んで、エディリスの元に連れていく。

「あなたがここの店主？」

連れてこられた強面《こわもて》の店主は、怪訝《けげん》そうにエディリスを睨《にら》んでいる。

「そうだが、子供が何の用だ？」

「エディは子供じゃないわよ！　このお店で一番高価な剣を出してちょうだい」

「一番高価だ？　冷やかしか？」

「冷やかしじゃないわよ」

そう言ってエディリスはジータニア王室の紋章が刻まれたネックレスを襟《えり》から出して店主に見せた。

その行動にアミトは慌ててエディリスに耳打ちする。

「ちょっとエディリス、そんなの見せたらお忍びで来てることがバレちゃうよ！」

「大丈夫よ。商売人ていうのは口が堅《かた》いの。相手が王室の人間ならなおさら」

エディリスの言う通り、店主は辺りを見回したのち、先ほどとは態度を一変させ、

「失礼しました。店頭に並んでない物が裏にあります。こちらへどうぞ」

と、アミトたちをバックヤードに案内した。

「ね？」

（本当にこの子、十二歳とは思えない肝《きも》の座りっぷりだよ……）

バックヤードに入ると店主は奥にある鍵《かぎ》のかかった箱から一本の剣を取り出した。真っ黒な鞘《さや》に納められたその剣からは禍々《まがまが》しいオーラが漏《も》れ出ている。店主は剣を眺《なが》めながら横目でエディリスの顔を確認する。

（帽子でハッキリと顔は見えないが、ジータニアの王族であんな小さい子供といえば、王女エディリスだろう。十二歳にして総資産一〇億以上を築いてるなんて噂《うわさ》のあるとんでもねぇガキだ。だけど、どんだけ金持ちだろうとガキはガキ。むしろ魔剣《こいつ》を処理するのにちょうどいい

客だ）

店主は鞘についた埃《ほこり》を払い、そのままアミトたちの元に持っていく。そして、長机の上に置いてエディリスの前に差し出した。

「こちらが当店で最も価値のある品、魔剣『ダインスレイフ』です。鞘《さや》から抜けば、剣身より魔人が召喚《しょうかん》され、その者に絶大な力を与えるといわれる希少《きしょう》な剣です」

（だが、その魔人は血を好む。抜いた者を殺人狂に変貌《へんぼう》させるという、界隈《かいわい》では有名な三大邪剣の一つだ。こいつには言わないがな。不利になる余計な情報をわざわざ与える必要もない）

店主の説明にエディリスが少し訝《いぶか》しげに聞く。

「なんでそんな貴重なものが、こんな小さな店にあるのよ？」

「専門店やってるとたまにこういう品が入ってきましてね。ただでさえ魔剣は売れにくい上、高価すぎて、こちらも扱《あつか》いに困ってるんですわ」

店主はエディリスに答える。扱いに困っているのは本音だ。

特にここはアルバランのメインストリートから外れた路地裏の専門店。表通りでは扱えない品が流れてきやすい。この魔剣もその一つであり、取引をした時は、魔族かコレクターに売れればいいと安易な算段を付けていた店主。

しかし、誤算があった。いや、騙《だま》されたといっていい。

この魔剣、鞘から抜けないのだ。つまり不良品をつかまされたのである。

魔人を宿した魔剣は長い間使われないと自ら眠りに入り封印されてしまうというケースが稀《まれ》にある。この魔剣『ダインスレイフ』も、殺人狂になってしまうというその特性故《ゆえ》、数十年使われず、封印されてしまったことが予想される。店主はそのことを知らずに、まんまとこの魔剣を引き取ってしまった。闇業者との裏取引なので、取引相手に連絡が付くわけもなく……、今までバックヤードに眠っていたというわけである。

どんなに貴重な品であろうと、鞘から抜けない剣など売り物にならない。

(だけど子供相手なら売れさえすれば、こっちのもんだ。あとからクレーム来ようが、魔力が足りないと抜けない仕様なんですとでも適当に言っておけば信じるだろう。金だけ持ったガキなんて、まさにカモがネギ背負って来たようなもんだぜ)

「へえー、剣身も黒くてカッコいいですね」

「そうだろう？　別名『暗黒剣』なんても呼ばれるんだ………おあっ⁉」

アミトが魔剣を鞘から抜いて眺《なが》めていた。

「おまっ！　え⁉　おまっ、何やって⁉」

「あ、すみません。勝手に触っちゃって」

「そうじゃなくて、どうやって抜いた……いや、ていうか……」

剣身をあらわにする魔剣を見て喫驚《きっきょう》していた店主は、さらにまずい事態であることに気付く。

「おい坊主！　その魔剣から今すぐ手を離せ！」

「え？」

魔剣の剣身から徐々に真っ黒な瘴気《しょうき》が上がり始め、低い笑い声が響《ひび》きだした。

『グハハハハ　この最悪の魔人を呼び覚ましたのは貴様か　さあ　俺様に血をよこすため殺人狂となり　その身が滅びるまで……　え？　あれ？　なにこれ』


《オートスキル『呪物浄化《じょうか》』発動（古代語）》

瘴気から具現化しようとしていた魔人が、姿を現すのと並行して同時に姿を消していく。

『え、ちょっと待って　まだセリフも全部言えてないんだけど　ちょっと！　最後の「踊り狂え！」って決め台詞《きぜりふ》言うのが気持ちいいのに！　ああっ！　あああっ浄化されていくううう！』

そして、白い塵《ちり》となって宙に舞っていった。

その様子を見ていたアミトは目をパチクリさせながら、

「魔人さんが力をくれるんじゃないんでしたっけ？　なんか消えちゃいましたけど」

と、無垢《むく》な表情で店主を見る。

もちろんアミトと同じくらい店主もキョトンとしている。

唯一、冷静だったのは、この場で最年少のエディリスだ。

「あなた、エディに偽物《にせもの》つかまそうとしたわね」

「いや、ちがっ！　え、なんで魔人消えたの⁉」

「この詐欺師《さぎし》！」

「本当に違うんですって！」

「こんな店で買う剣なんてないわ！　行くわよアミト！」

「あ、うん……」

バックヤードを出ていくエディリスとアミト。

何が起こったのか、まるで理解できないでいる店主は、残された魔剣を手に取り、恐る恐る鞘にしまう。そして、もう一度抜いてみる。簡単に抜ける。しかし、魔人は出てこない。魔人が宿っていない魔剣など、ただのガラクタである。

店主はヘナヘナと膝《ひざ》を折るのであった。


店主が不在の店内では、ローブを着た男が、襟で口元を隠し、通信魔法を使って誰かと連絡を取っていた。

「ああ、間違いない、紋章を確認した。やはりエディリス王女だ。今、店から出ていった」

そして、その男も、店のドアをくぐる。

二人の少年と少女を追って。

「あなたもあなたよ、アミト。あんな詐欺師の店をエディに紹介して。本当、頼りにならない騎士ね」

「ごめんね、エディリス。でも、今日はもう他の武器屋はどこも閉まってるよ」

「ったく、しょうがないわね」

＊

ガミガミとエディリスに怒られるアミトの背中を、リサは剣専門店の陰から音を立てぬよう見張っていた。

そして程よい距離を確保すると、尾行を再開する。

（一瞬、店内から禍々しい魔力を感じたが……すぐに消えた。またアミトが何か関わっているのか……）

人けのない路地裏を慎重に進みながらリサは機をうかがう。

（そのような疑問も、今日ハッキリする。ちょうど今ならチャンスかもしれない）

リサは腰に下げた十字剣に手を置いた。

（が……その前に）

そして捻《ひね》るように身を回転させ剣を抜く。

甲高い金属音が路地に響いた。

振りぬいた剣は、リサと同じようにフードで顔を隠した何者かのナイフで止められていた。

（ほう……ナイフ一本で私の剣を止めるか）

リサの十字剣が光を纏《まと》う。

『光剣《こうけん》』。剣に己の魔力を纏わせるリサの持つ剣技スキルだ。

そのままリサは二撃目を繰り出す。が、これもはじかれる。リサが勢いあまって少し体のバランスを崩《くず》すと、一気に攻守交代。今度は素早いナイフの連撃がリサを襲う。

軽やかな身のこなしでそれらを華麗《かれい》にかわすリサ。前のめりで無防備になった相手の鳩尾《みぞおち》付近を狙《ねら》ってアクロバティックな回転蹴《げ》りをお見舞いする。ヒット。しかし、ミートはしていない。

相手も上手く体重移動させ、蹴《け》りの威力《いりょく》を受け流しバックステップで距離を取る。その反動で被っていたフードがめくれた。

あらわになった顔を見てリサは攻撃の手を止め、十字剣の光を鎮める。

「まさか、貴様とはな」

「その声……リサさん？」

ナイフをしまったナーナが言った。

リサも十字剣を鞘に納め、フードを脱いで顔を出す。

「酒場の一店員が私と対等にやり合えるほど動けるとは、驚《おどろ》きだ」

「……」

ナーナは口をつぐんだまま、リサから視線を逸らした。

「まあ、そこは一旦《いったん》、詮索《せんさく》しないでおこう。しかし、なぜここにいるかは説明してもらおうか。ずっと尾けていたよな？」

「それはこちらのセリフです。あなたこそずっとアミト君たちを尾けていましたよね。なぜですか？」

「……それは」

再び向けられたナーナの視線に、今度はリサが目を逸らす。

「貴様が先に理由を言え」

「いいえ、あなたの理由から先です」

「そっちが先だ！　ほら言え！」

「そっちです！」

「そっちだ！」

膠着《こうちゃく》状態。どちらも譲《ゆず》らず。

それもそのはず。リサの心境では、

（言えん……言えるわけないだろ。王女の前で奇襲をしかけたら、さすがのアミトも私と勝負せざるを得ないだろうだなんて、どこぞのチンピラみたいな作戦を考え尾行していたなどと、口が裂《さ》けても言えん。こんなことが酒場で広まったら私の評判はガタ落ち！　特にミレイユなんかに知られたら……卑怯者だと一生このことをこすられる!!）

一方、ナーナも内心で焦《あせ》っていた。リサにこれ以上は言及されたくないと、額《ひたい》に汗を浮かべる。

（言えない……言えるわけないわ。昨晩にこっそり今日のことを聞いて、アミト君が王女の前で失敗しないか心配でわざわざプライベートを潰してまで尾行していただなんて。ただでさえ、過保護だなんだと言われ始めている酒場でこんな噂が広まったら、冒険者から笑い者にされ、アミト君からは幻滅される！　そして、このことがミレイユちゃんにバレたら、一生過保護ネタでこすられる！）

互いに動きが取れず沈黙《ちんもく》が流れる中、二人の間を、これまた同じようなローブを着た男が通信魔法を発動しながら駆《か》けていった。ローブから覗《のぞ》く腕に腕輪は付けられておらず、冒険者ではないことがうかがえる。

「そこで待ち伏せしておけ。俺が後ろから挟《はさ》み撃《う》ちにする。ああ、王女は拉致《らち》だ。麻酔針《ますいばり》で眠《ねむ》らせろ。もう一人のガキ？　どうでもいい、やっちまえ。人が溢《あふ》れかえる前夜祭の路地裏で、ガキ一人死んでいたとて誰も気付かねーよ」

リサとナーナは目の色を変え、その視線は一点に絞《しぼ》られた。

通信魔法を切った男の前に、疾風《しっぷう》のごとく二人が回り込む。

「あ？　なんだおまえら。仕事の邪魔《じゃま》だ、どけ」

そんな男にナーナが冷たく言い放つ。

「私はともかく、『白騎士』の騎士団長を知らないとは、この街《アルバラン》の人間ではないようですね」

「そのようだな。では、ここで名前だけでも覚えて帰ってもらおうか」

そして、騎士団長が十字剣を抜いた。

＊

「いい？　エディの騎士になりたいなら、女性をエスコートする能力も必要なのよ。詐欺師の店に連れてくなんて言語道断」

「でも僕、女子をエスコートなんてしたことないし……」

「そういうウジウジしたとこも減点！」

「そんなぁ……」

「それよりさっきから何ソワソワしてるのよ」

「いや、ソワソワっていうか、なんか虫に刺されてる感じがして。それもたくさん」

「エディたちのアイスに釣られて寄ってきたんじゃない？」

「だとしても、なんで僕だけ……」

路地裏から抜け、二人は表通りの露店に売っていたアイスクリームを買って、おやつの時間にしていた。アイスも半分くらい食べ終わっている。

《オートスキル『自動身代』発動（古代語）》

チクッ。


「あ、まただ。虫よけスプレーしてくれればよかった」

「アミトの血なんか吸っても美味《おい》しくないに決まってるのに、バカな虫ね」

「とうとう血までディスられた……」


そんな二人を物陰から監視《かんし》していたスキンヘッドの男が舌打ちをする。

「クソッ！　用意していた麻酔針が全部なくなった！」

男の手には手のひらサイズの吹き矢。腰には空になったポーチを下げている。元はこのポーチに一〇本近くの麻酔針が入っていた。

「ていうか、あのガキはなんなんだ！　王女を狙った麻酔針が全部あいつに当たりやがる上、あれだけの麻酔をくらって、なんでピンピンしてやがる！」

男はない髪をかきむしる。かれこれ、こうして一〇分以上は経《た》っていた。

「あいつも挟み撃ちするって言ったきり路地裏から出てこねーし。この絶好のチャンスを逃したら団長に怒られんのは俺《おれ》なんだぞ！」

イライラが頂点に達した男はポーチと一緒に下げていたナイフに手を伸ばす。

「こうなったら強行突破だ。騒ぎになろうが王女さえ拉致《らち》しちまえば団長も文句はねーだろ」

そして男はナイフをかかげ、二人がいる方へ勢いよく走り出す。

白昼堂々と武器を抜いている男に、周辺の観光客たちが気付き悲鳴を上げた。

「キャーッ!!」『なんだ!?」

その声にアミトとエディリスも振り返る。

（少しばかり王女を切りつけたとしても、最悪、息がありゃいいんだ。ガキは邪魔してくるなら殺すまで！）

目をかっぴらき、照準《しょうじゅん》をエディリスに絞るスキンヘッドの男。

迫る男の狂気にエディリスが身を屈《かが》めた。

「エディっ!!　危《あぶ》ない!!」

丸くなった小さな少女の盾になるため、アミトが男に背を向けてエディリスを庇《かば》う。

「邪魔だガキ！　死にさらせえええええ！」

《オートスキル　『瞬間拘束――

「アイステンペスト!!」

路上に白い結晶が渦《うず》を巻いて発生する。アミトたちに向かって飛びかかった男が一瞬で氷に覆《おお》われ、カチコチに凍《こお》った。できあがった綺麗《きれい》な氷像に、どよめいていた周辺の観光客たちから「おおーっ」という感嘆《かんたん》の声と共に、拍手が巻き起こる。

その中心から、「どもども」と手を振ってミレイユが自慢げな顔で姿を現した。

「アミト大丈夫？」

「ミレイユさん！　ありがとう、助かったよ！」

「金銭狙いの暴漢《ぼうかん》かしらね。子供を狙うとは狡《こす》い奴だわ。ま、私が手を出さなくてもアミトなら大丈夫だった気もするけど……念のためね」

ミレイユの言葉にアミトが不思議そうな表情を浮かべる中、エディリスが屈《かが》んだまま、ひょこっと顔を出す。その目には涙が浮かんでいた。それに気付いたミレイユが膝を折り、エディリスに声をかける。

「エディリス様、大丈夫でしたか？」

「ミレイユ……ありがとう」

アミトの服をつまみながらエディリスがミレイユに言う。

「あれ？　エディはミレイユさんのこと知ってるの？」

エディリスがこくんと頷《うなず》き、ミレイユが代わってアミトの質問に答える。

「私はジータニア出身だからね。これでもアルバラン一の魔法使いといわれてるんだから、そりゃ王女様とも面識はあるよ」

「そうなんだ。いつも変なミレイユさん見てるから、すごい人だって忘れてたよ」

「はうっ！　アミトが私のことイジってる！　これってもうカップルの距離だよね！」

「はいはい。エディ大丈夫だった？」

アミトは改めてエディリスの顔を見た。

エディリスは少し顔を赤らめて、不機嫌そうに言う。

「べ、別にアミトに助けてもらわなくても大丈夫だし」

「結果的にミレイユさんが助けてくれたから僕は何もできてないけどね」

「バカっ！　アミトはエディの騎士なんだから、ちゃんと守らなきゃダメでしょ！」

「二秒で発言が覆ってる！」

と、エディリスは悪態《あくたい》をつくもモジモジとしながらアミトを見上げ、

「また……エディが危ない目にあったら、今みたいにちゃんと守ってよね」

「もちろん！」

「ふふ」

今日一日ずっとしかめっ面《つら》だったエディリスが初めて笑顔になった。

「ところで、ミレイユさんはここで何してたの？」

「え？　ああ、観光とか？」

「アルバランの人間なのに？」

「それは、そのあれよ。私だって前夜祭は楽しみたいし？　屋台とか好きだし？　別にアミトとエディリス様のデートを邪魔してやろうと思って尾行してたとか、そんなんじゃないからね！」

「デート……？」

アミトが訝《いぶか》しんだ表情を見せたところで、三人の元にリサとナーナが駆け寄ってきた。

「アミト君、無事!?」

「ナーナさん、それにリサさんも」

リサが氷漬けになった男を見て言う。

「どうやら、問題はなさそうだな」

突然現れた二人にアミトは首をかしげる。

「心配してくれてありがたいけど、珍しい組み合わせで二人ともどうしたの？」

「いや、まあ……ちょっとな」

リサはバツの悪そうな顔でナーナを見た。ナーナも同じ表情を浮かべている。

そして、二人はミレイユがいることに気付く。ミレイユも二人と同じ表情をしていた。

リサと、ナーナは同時に彼女を睨んだ。
（貴様もかい！）
（あんたもかい！）
考えることは皆一緒である。

# 第八話「僕はしがない酒場店員です」

決闘祭《バトルガラ》はアルバランコロッセオで開催《かいさい》される。

収容人数一三万人を超える世界最大の闘技場《とうぎじょう》だ。

そんなコロッセオの入場口前にある広場では出場者の受け付けが始まっていた。

大会運営の世界冒険者機構が出場希望者を整列させる中、『夕闇《ゆうやみ》の宴《うたげ》』メンバーも揃《そろ》って広場にやってきていた。ちなみに、この中でスフィアだけは選手として出場する予定だ。

「オマエは出場しないのかよ、アミト」

「いや僕《ぼく》が出場しても笑われるだけでしょ。スフィアと違って僕はただの酒場店員なんだから」

「出場するのに条件なんてないんだから出りゃいいだろ」

つまらなそうな顔をして吐き捨てるスフィアに、ナーナが感情のこもっていない笑顔で釘をさす。

「スフィアちゃん、アミト君を危険なことに巻き込まないのよ。アミト君はまだ冒険者見習いなんだから」

「へーへー、そうでした」

(表面上はな)

スフィアは頭に手を当てて不貞腐《ふてくさ》れる。

そんな三人を後ろから無言で見守るロッテが、広場で起こるどよめきに振り向いた。

他の『夕闇の宴』のメンバーもそちらに振り返る。

やってきたのは『鋼鉄』の四人。

圧倒的なオーラを振りまく彼らに、周りの冒険者たちが羨望《せんぼう》と好奇の目を向ける。

「本物の『鋼鉄』だ……」

「今年も来たか」

「S級冒険者が四人も揃うとすごいオーラだ」

漏《も》れ聞こえる声。そのただ中を颯爽《さっそう》と進む『鋼鉄』のメンバー。

アミトは少し鳥肌が立っていた。

(酒場ではみんな、いつも悪ふざけしてるけど、こうして見るとやっぱりカッコいいなあ)

そんなふうに感心していると、アミトの姿に気付いたミレイユが猛《もう》ダッシュしてきた。嫌な予感がしたアミトだったが逃げる間もなく、ミレイユに捕《つか》まる。

「アミトー！　応援しに来てくれたんだね！　あー、アミトの匂《にお》い最高！　赤ちゃんみたい！」

全身をこすり付けるようにアミトを抱擁《ほうよう》するミレイユ。その柔《やわ》らかく大きな胸が、身長差でアミトの顔にちょうどフィットしている。

「うぶぶぶ」

どちらかというと、いい匂いがするのはミレイユの方だ。ぽよんぽよんの胸に挟《はさ》まれ、かろうじて鼻で息をするアミトは、ミレイユから香る可憐《かれん》なフェロモンを肺いっぱいに吸い込み、窒息《ちっそく》しそうになっていた。

(うう……しぬうう)

「ちょっと、ミレイユちゃん」

そんなアミトをいつでも真っ先に助けてくれるのはナーナだ。

「スキンシップが過ぎるんじゃないかな」

「あ、過保護《かほご》マーマ」

「誰が過保護マーマよ!」

ミレイユの着けているローブの袖《そで》を摑《つか》んでアミトから引きはがすナーナ。そのままフライトの元に連れていく。

「ああん、アミト〜」

「フライトさん、クランメンバーの管理くらいしっかりしてくださいね。副団長なんですから」

いつものように笑顔の圧をかけるナーナから突き出されたミレイユを引き取って、フライトは苦笑いする。

「あ、あはは、悪いナーナ。ほらミレイユ、バカやってないで行くぞ」

逃げるように去っていくフライトと、それに付いて行く『鋼鉄』メンバーたちの姿が見えなくなると、また別の方向から声が上がった。

次に現れたのは『白騎士』だ。

隊列を崩《くず》さず進む姿のその堂々たるや。

広場では、

「リサお姉様ー！」

と、女冒険者たちからの黄色い声が響く。他の冒険者たちも、

「『鋼鉄』に『白騎士』。S級冒険者のオンパレードだぜ」

「こんな猛者《もさ》たちが一堂に会する。これぞ決闘祭の醍醐味《だいごみ》だな」

と、興奮《こうふん》を隠《かく》しきれないでいた。

その様子を見ていたアミトは改めてこのイベントがアルバランにとって、どれだけ大きいものか思い知らされる。普段から『夕闇の宴』でS級冒険者たちと交流しているとどうしても感覚が麻痺《まひ》してしまうが、街の冒険者からしたらS級冒険者の彼らが集まるだけで相当レアなことなのである。

『白騎士』が歩いているだけで歓声《かんせい》が上がるほどだ。

そんな喧騒《けんそう》の中、スフィアがあくびをしながら鎌《かま》を担《かつ》ぎなおした。

「ふぁ～、そろそろ受け付けしに行ってくるわ」

「うん、頑張ってねスフィアちゃん」

ナーナの見送りを受けスフィアがその場を離れようとした寸前で、『白騎士』の隊列から抜け出したリサがアミトたちの前までやってきた。何事かと思い、全員がリサの顔を見る。

リサの視線はアミトに向いていた。そして、やってくるや否《いな》やアミトに五枚の一〇〇〇ゴルド札を差し出した。

「リサさん、何ですかこれ？」

「五〇〇〇ゴルド。先払いってやつだ」

「……先払い？」

「決闘祭に出場してもらう、っていう依頼料の先払いだ」

「はいいい⁉」

「すでに貴様の分もエントリーは済ませてある」

「はあああああああ⁉」

「さあ、受け付けしに行くぞ」

「ちょっと待ってリサさん！　僕が決闘祭に出るってことですか⁉　それもエントリー済み⁉」

「そうだ。依頼料は先払いしておく」

「先払いじゃなくて後払いだよこれじゃ！」

「トーナメントで貴様と当たるのが楽しみだぞ」

「僕を置いて坦々《たんたん》と話を進めないでください！」

取り乱すアミトの横で、スフィアがニヤニヤと嬉《うれ》しそうにする。

「たまには気が利《き》くことするじゃねーか騎士団長さん」

「たまには、は余計だ鎌使い。ほら、二人でアミトを受付まで連れていくぞ」

「オッケー」

両脇をガシッと掴まれ、連行されるアミト。

「ちょっと！　二人とも離して！　ナーナさん、ロッテさん助けて！」

もちろん、ナーナはそれを許さない。

「こら二人ともやめなさい！　アミト君をそんな危《あぶ》ない……うぐぅっ！」

が、何者かに口をふさがれ阻止《そし》される。何者かは言うまでもなくロッテである。

モゴモゴ言ってるナーナを制止しながらロッテは、

「決闘祭の優勝賞金は一億ゴルドだ。優勝したら、その賞金で借金チャラにしてやるぞ、アミト」

「え！　本当ですかロッテさん！　……って、優勝なんて無理に決まってるじゃないですか！

ああ～！」

そのままアミトは引きずられていくのであった。

＊

数十分後、三階のスタンド席に座っていたロッテの元に、受け付けを終えたスフィアとアミトが戻ってきた。

「遅かったな。もう予選の一試合目が始まってるぞ」

コロッセオ中央のメインフィールドでは四つの区分に分けられた決闘台《リング》の上で、既《すで》に戦いが始まっていた。

「アタシらの出番まだ先だったからチーズドッグ買ってた」

スフィアが両手に持っていたチーズドッグの一本をロッテに渡す。

「おまえらの出番は何試合目なんだ？」

「こいつが三試合目」

スフィアに指を差されたアミトは、虚《うつ》ろな目でチーズドッグを咥《くわ》えている。いろいろと何かを諦《あきら》めた表情だ。そんなアミトなど気にもせずスフィアは続ける。

「そんでアタシがその次の試合」

「そうか」

「だけどアタシは予選から黒鬼と当たっちまった。ついてねーぜ。金的《きんてき》狙うしかないか」

幼い顔には似合わない下品な言葉を吐きながらロッテの横に座りチーズドッグを乱暴にかじるスフィア。座るなり辺りを見回して、ナーナがいないことに気付く。

「ナーナはどこ行ったんだ？」

「トイレだ。帰ってくる前に逃げておけスフィア」

「確かに、今アイツの前に出たら殺されそうだな。まったく過保護なママだぜ」

そう言って、アミトを見るスフィア。無言でチーズドッグをハムハムしている。

ロッテはそんなアミトに念のため釘をさす。

「アミト、わざと負けようとするなよ」

「ギクッ」

「ちなみに、予選を勝って決勝トーナメントに勝ち進むだけで少額の賞金は出る」

「え、そうなんですか？」

「確か……ベスト16で一〇万ゴルドだったな」

「一〇万ゴルド⁉」

「やる気になったか？」

「あ……いや」

「ほう、借金返済《へんさい》の意志はないと」

「やります！　頑張《がんば》ります！」

事実、アミトは早々に負ける気でいた。S級冒険者が何人も出る大会で優勝なんてできるわけない。だったら、ダメージが少ないうちに終わらせる方が得策《とくさく》だ。

しかし、予選突破するだけで賞金が出るなら話は別だ。

(予選のルールはガチ戦闘の決勝トーナメントと違って、相撲《すもう》みたいに相手の足の裏以外を決闘台に着ければ勝ち……僕でも工夫すればなんとかやれるかも)

アミトのやる気が少しだけ上がったところで、会場から大きな歓声が上がった。その発生源はアミトたちがいる観客席に最も近い南西側の決闘台。

壇上で金髪の剣士が髪をなびかせ、凛《りん》と佇《たたず》む。

正面には腰をついた冒険者が両手を上げ、降参《こうさん》のポーズを取っていた。

スフィアが会場を見下ろし、呆れたように笑う。

「ったく、決着が早い騎士団長様だこと。相手はまあまあ名の知れてるA級冒険者だぞ」

「A級くらいじゃリサに触れることすらもままならないだろう」

ロッテも淡々と言いながらチーズドッグをかじる。

(予選を勝ち進んだら、リサさんたちとやることになるのか……やっぱり怖くなってきたな)

上がったばかりのやる気をさっそく消沈《しょうちん》させるアミトに、スフィアが言った。

「おい、アミト。オマエの試合、確かあの決闘台だろ？　そろそろ行ったほうがいいぞ」

「ああ、そうか！　行ってくる！」

アミトは慌てて客席を離れスタンド席の階段を駆《か》け上がる。そのすれ違いにローブを着た三人組と目が合う。

（なんか怖そうな人たちだな……）

呑気《のんき》なことを思いながらアミトはスタンド席を抜けた。

一階に下り、出場者控室《ひかえしつ》に向かってコロッセオの通路を走っていると、見覚えのあるベレー帽が目に入った。複数人の冒険者に囲まれて歩く彼女もアミトに気付いたらしく、ベレー帽のツバを上げて顔を見せる。

「やあエディ、来てたんだね」

アミトが声をかけると、周りで護衛《ごえい》についていた公認指定クランの冒険者がエディリスとの間に入り、見下すような目で睨《にら》み付けてきた。一般人が王女に対して気安すぎたのだろうか。

そんな彼らに「下がって大丈夫よ」と指示を出し、エディリスはアミトに返事をする。

「アミトも来てたのね。どうしたの、そんな慌てて？」

「これから試合があって」

「試合？　もしかしてアミトも出るの？」

「うん、まあ。多分すぐ負けるけど」

「戦う前から負けることを考えるなんて、相変わらず意気地《いくじ》がないわね。もっとシャキッとしなさいよ」

「だって、僕なんてただの酒場店員だよ？」

「エディの騎士《きし》でもあるでしょ！　言い訳しない！」

「は、はい！」

「いちおう……エディが応援してあげるから頑張りなさいよ」

「うん、ありがとう！　じゃあ、僕そろそろ行くね！」

エディリスが少し顔を赤らめていることにも気付かず、アミトは再び控室に向かって駆けだした。

＊

数分前――。

「昨日、室長が街で遭遇《そうぐう》した怪しい男二人ですが、身元が判明しました。盗賊団『赤獅子《あかじし》の暗団《あんたい》』の一員です」

「『赤獅子の暗団』……」

人けのないコロッセオの裏で、ザッバスの報告を受けたナーナはその名前を復唱《ふくしょう》した。

『赤獅子の暗団』――アルバランの冒険者なら誰もが知っている六名の盗賊団。その構成員は皆、犯罪を犯したことで冒険者資格を剝奪された冒険者である。それも、全員が元S級冒険者。アルバランを追放された後、世界各地で窃盗《せっとう》や強盗を行っている。

「本日はエディリス王女が決闘祭を観戦しにこのコロッセオに来ています。もし彼らの目的が王女の拉致《らち》ならば、残りのメンバーがこの場で強行するかもしれません。恐らく王女がお忍びでアルバランに訪れているという情報がどこからか漏れていたのでしょう」

「身代金《みのしろきん》目的かしら」

「どうでしょう。その可能性が一番高いですが」

ナーナは手を口に当てる。

(彼らは私が諜報室《ちょうほうしつ》に赴任する前に追放された冒険者たち。資料では知っていたけど、顔を見ただけじゃすぐに『赤獅子の暗団』だと気付けなかった……)

険《けわ》しい表情を浮かべるナーナの横で、ダスバルがザッバスに続けて報告する。

「ジータニア大使館にはすぐに報告を入れています。元々、決闘祭当日はジータニアの公認指定冒険者クラン『門番《もんばん》』がエディリス王女の護衛に付く予定だったらしく、心配はいらないとのことです」

「心配はいらないって……あそこはクルッセルの『白騎士』と違って、A級冒険者で構成されたクランでしょう？　残りの盗賊団が四人しかいないとはいえ、本当に大丈夫なのかしら」

ナーナの言葉にザッバスが答える。

「ジータニア大使館から正式に返答が出てしまった以上、ここからはジータニア国の問題です。我々、ギルドが出る幕《まく》はありません」

「そうね。ただし、昨日起こった騒動《そうどう》の当事者であるリサさんとミレイユちゃんには『赤獅子の暗団』が関わっていることは伝えるべきよね？」

「室長……」

「それと、私が今からエディリス王女を尾行するのは諜報室長としての行動じゃなく、かわいい子が好きな私の個人的な趣味《ストーキング》だから」

ザッバスが困った人だと言いたげな表情でため息をつく。

「わかりました。ダスバル君はリサさんに。僕はミレイユさんに昨日の報告をしに行きましょう」

「よろしくね」

ナーナはそう告げると、コロッセオの中に入っていった。

＊

アミトが控室に向かっている一方、フライトはとある人物に呼び出され、三階の廊下を歩いていた。そして、目的の人物を見つけると立ち止まり、声をかける。

「よう、何か用か？」

「ああ、ちょっとアンタに話があってな黒鬼」

　第四試合の対戦相手、スフィアだ。

「話？」

「アミトだよ。アンタたち『鋼鉄』なら、もうアイツの実力に気付いてんだろ？」

「へえ……逆におまえが気付いているって方に驚《おどろ》きだ」

「アタシは目の前でアイツの魔法を見せつけられたからな」

「アイスバンか？」

「アイスバン？　なんだその魔法。アタシが見たのはサンダボルトって雷魔法だ」

（サンダボルト……これも始祖《しそ》魔法か？）

　フライトは廊下の壁に背中を預け、スフィアの横に並んだ。

「それで、アミトのことで俺になんの話があるんだ？」

「アイツが決闘祭に出てる」

「はあ⁉　まじかよ！」

「やっぱりな。アンタのことだから対戦表もらっても自分の対戦相手しかチェックしてないと思ったよ」

「なんでアミトが。あいつは自分からこういう戦いの場に赴くタイプじゃないだろ」

「リサが勝手にエントリーしたらしい」

「あの負けず嫌いのバカが……」

腕を組み、天井を見上げるフライト。アミトが出場しているとなれば、自分が優勝する確率はガクッと下がる。アミトが魔力だけでなく身体能力《ステータス》もバケモノじみているということは、先の腕相撲大会《うでずもう》で証明済みだ。魔力制限がある決闘祭においても十分その力を発揮できるだろう。

どうしたものかと悩むフライトに、スフィアがニヤリと笑って言った。

「アタシならアミトに勝てる」

「はあ？」

確かにスフィアもS級冒険者としてかなりの手練《てだ》れだ。ソロでダンジョン探索《たんさく》やクエストをこなしている分、経験値も高い。しかし、

「悪いがあの魔法を見た俺の見解じゃ、おまえに勝機はない。おまえもそのサンダボルトっていう魔法見たんだろ？　実力差がわからないタマじゃないと思ってたが」

「そりゃぁ、馬鹿正直に真っ正面で戦ったら勝てないだろうよ」

「どういう意味だ？」

「脅《おど》すのさ」

「脅す⁉」

幼《おさな》い顔して、とんでもないことを言い出すスフィアに、フライトはつい声を張り上げる。

「バカ、声がでかいぞ」

スフィアが周りに聞かれてないか視線を巡《めぐ》らせながらフライトに忠告する。

「だって、おまえが変なこと言い出すから」

「アイツはどうも、自分が弱いと思い込んでいる」

「それは……なんとなく俺も感じてはいる」

「だったら、戦う前に戦意喪失させてやればいい。アタシが本気出したらオマエなんてイチコロだってな。アイツをそうやって脅してそもそも決闘台に上げさせなきゃ、不戦勝ってわけだ。

だけど、人にはイメージってのがあるだろ？　アミトから兄貴のように慕われているアンタが、かわいい弟分にそんなことできるか？」

「まさか、おまえ」

「アタシが汚れ役を買ってやるから、アンタは次の試合でアタシに負けろ。もちろん、アタシが優勝したら賞金はあとで山分けしてやるよ」

「はあ……。何を言いに来たのかと思ったら。却下《きゃっか》だ却下」

「ああ？　んでだよっ。やろーぜ」

「そんな卑怯《ひきょう》なマネできるわけないだろ。それに、たとえアミトとの決闘が不戦勝になったとして、おまえがリサに勝てるのか？」

「そ……それは。やってみなきゃわかんねーだろ」

「うちのグラニュートやミレイユと当たる可能性もあるんだぞ?」

「あいつらなら……ギリ」

「スフィア、俺はおまえの作る料理が好きなんだ。だから俺は、おまえがこれからも酒場で働けるよう、健全に育って欲しい。そんな卑怯なことばかり考えて、いつか犯罪を犯すような子になってほしくないんだ」

「うるせぇ! アタシだって一億ほしーんだよ! アミトが優勝したら借金返済だとか言って、一億ゴルドはマスターの手元に行くんだぞ! 一番卑怯なのどいつだよ!」

「それは、同意だ。だからスフィア。あのマスターを反面教師にするんだ」

「ちっ……話のわかんねー奴だな」

「そういう口調から直して行くんだぞ。ほら、飴《あめ》ちゃん舐《な》めるか?」

「ガキ扱いしてんじゃねーぞ」

結局、あくどい目論見《もくろみ》は交渉決裂《こうしょうけつれつ》で終わり、一応差し出された飴を受け取るだけ受け取ったスフィアが、スタンド席に戻ろうとした……その時だった。

「フライト!!」

血相を変えたミレイユが走ってきた。

「どうしたミレイユ?」

ただごとじゃなさそうなミレイユの様子に、スフィアも足を止める。

ミレイユは一旦、呼吸を整え、フライトに向かって言った。

「エディリス王女とナーナがさらわれた！」

＊

アミトが出場者用の控室に入ってしばらくすると運営スタッフが部屋に入ってきた。

スタッフはアミトの前に来ると一枚の紙を渡す。ルール表だ。

スタッフはそのままルール表に沿って予選試合の説明を始めた。

要約するとこんな感じである。

・足の裏以外が決闘台に着く、もしくは体全体が決闘台の外に出たら敗《ま》け
・武器・魔法・スキルの使用は可能だが、回復士スタッフによる回復が困難とされる即死性《そくしせい》、致死性《ちしせい》の高い攻撃は禁止
・決闘台及びその上空の範囲外に影響を及ぼす魔法・スキルの使用禁止（魔力制限八〇〇〇ルクセル以内）

説明を聞き終わり、口に手を当てながら、机と椅子《いす》だけの簡素《かんそ》な控室を一人でグルグルと歩き回るアミト。

（ルールの大半は別に難しいこともないし、すんなり理解できる。だけど、魔力制限八〇〇〇ルクセル以内って何？　ルクセルなんて単位、異世界《こっち》に来てから初めて聞いたんだけど）

今のアミトができる攻撃手段といったら三つの魔法だけ。武器だって持っていないし、肉弾戦の心得なんてあるわけもない。しかし、この八〇〇〇ルクセルがどの程度の魔力を意味するのかが把握《はあく》できない限り、迂闊《うかつ》に魔法も使えないのだ。

（でも僕なんかの初期魔法なら大会規定を超すほどの魔力があるとは思えないし……使っても大丈夫じゃ……いやいやいや、ダメだ！）

ギルドの適性審査で起こった水晶玉爆発事件を思い出して、アミトは頭をブンブンと振る。

（威力《いりょく》調整なんてできない僕が万が一制限を破って観客席に被害を出したらとんでもないことになる。やっぱり魔法は使えない……）

「アミト選手、試合開始になります。メインフィールドにどうぞ」

考えがまとまらないまま、外で待機していた運営スタッフから声がかかった。

アミトは不安げな表情で控室を出て、メインフィールドに続く通路を進む。

ゲートをくぐると、二つの太陽から注がれる眩《まぶ》しい光と、熱中する観客たちの歓声《かんせい》が一気にアミトの全身を包み込んだ。感じたことのない緊張感がアミトの鼓動《こどう》を高まらせる。

決闘台の前には『鋼鉄』の回復士、エルマがスタッフ用のバッジを着けて待機していた。

アミトに気付いたエルマはギョッとした表情で駆け寄る。

「アミトさん⁉　出場されるんですか⁉」

「エルマさん！　はい、いろいろと成り行きで……。エルマさんはどうしてここに？」

「毎年ギルドから頼まれて回復士スタッフをしてるんです」

「そうでしたか。エルマさんがいるなら安心です」

（相手をボコボコの再起不能にしても安心って意味かな⁉　私を買いかぶりすぎじゃない⁉）

「あ、あのアミトさん、ルールは把握してますよね？」

「はい……それでちょっと困ってまして」

（制限が生温《なまぬる》すぎて困ってるってことかな⁉　僕やりすぎちゃうかもしれません（暗黒微笑）みたいな⁉）

「ま、まあ……あまり力まずに、無茶しない範囲で」

「ありがとうございます。頑張ります！」

（ああ、言い方ミスったかも！　頑張っちゃダメなのよ！）

エルマに後押しをされて（と思っている）アミトは、決闘台の階段を上る。

（魔法は使えない。戦う手段もない）

いつものアミトならここで諦めていた。適当な負ける理由を探して、戦いの場から逃げていた。

だけど、今回は応援してくれる人がいる。酒場のみんな。そこに来る冒険者の客たち。アミトのことを騎士だと信じているエディリス。

（やれることをやって、せめて予選だけでも勝ち進もう。ロッテさんに少しでも早く借金を返さなきゃなんだし）

アミトは、確固たる決意を持って決闘台の中央に立った。

同時に向かい側の階段から相手選手が上ってくる。

ドスンドスンと大きな足音を立ててやってきたのは、まるでゴーレムのような巨漢《きょかん》。腕に刻まれた龍《りゅう》のタトゥーが肩を経由《けいゆ》して顔まで上っている。筋肉量でいえば『鋼鉄』一の怪力男グラニュートに匹敵《ひってき》するだろう。武器も持ってないのでグラニュートと同じ拳闘士《けんとうし》なのかもしれない。

タトゥーの男はゆっくりとアミトの顔を覗《のぞ》き、舌で自身の唇《くちびる》を舐《な》めた。その目は真っ赤《まか》に血走っている。

（よし、わざと負けよう）

アミトは確固たる決意を、躊躇《ちゅうちょ》なく丸めて投げ捨てた。

こんな男に肉弾戦で勝てるわけない。幸いこの戦いは予選なので膝《ひざ》をつけば試合は終わる。命の危険を冒《おか》してまで戦わなくとも、比較的、安全にゲームセットに持っていけるのだ。

かといって、あまりわざとらしくてもダメだ。あとからロッテやエディリスに何を言われるかわからない。なので、アミトは一発だけ相手の攻撃をもらうことにした。

（一発もらって、すぐに膝をつく。その時は痛いだろうけど、エルマさんがいるし、死ぬことはないだろう）

全身をブルブルと震わせながら作戦を考えるアミトに、タトゥーの男がケタケタと笑う。

「予選表を見てから事前に調べたが、おまえ紋《もん》なしの冒険者見習いなんだってなあ？ アヒッ、初戦からいたぶりがいがありそうな奴が来て嬉しいぜ。言っとくが紋なしだからって手加減なんてしないぜ。むしろ逆だ。俺はなあ、殴《なぐ》るのが大好きなんだ。アヒッ。やめてくれやめてくれと泣いて命乞《いのちご》いする顔を見ながら弱い奴を殴る。こんなにエクスタシーを感じることはないぜ。アヒッ」

目が完全にイっていた。口から垂《た》れるヨダレを拭《ぬぐ》いもせず、アミトから目を逸《そ》らさない。

（この人、絶対危ないクスリやってるでしょ⁉）

ますます恐怖を抱《いだ》くアミト。しかし時は非情。アミトの心情もおかまいなしに、試合開始の時間がやってくる。多くの観客が見守る中、ゴングの音が鳴った。

すかさずアミトは距離を取ろうと後ろに下がるも、それを読んでいたかのように、タトゥーの男は初速マックスでアミトを追いかける。

（一発もらったら膝をつく一発もらったら膝をつく一発もらったら膝をつく）

ひたすら脳内で復唱《ふくしょう》しながら、アミトは男の動向をうかがう。一発もらうにも心の準備がいる。ひとまずは距離を取りたい。しかし、あっという間に決闘台の縁までたどり着き、男が目の前までやってくる。

男はニヤニヤとアミトを見下ろすと上半身をひねり、丸太のように太い右腕を振り上げた。

(一発もらったら膝をつく一発もらったら膝をつく一発もらったら膝をつく一発もらったら膝をつく)

「ほらほら泣き叫べええええええええ!!」

男が嬉《うれ》しそうに叫ぶ。

(やっぱり無理!!)

男の巨大な拳《こぶし》が顔面に届く直前、アミトは咄嗟《とっさ》に目をつぶり顔を背《そむ》けながら、条件反射で手のひらを突き出した。

それが掌打《しょうだ》の形で男の顎《あご》に当たる。

瞬間、バキイィッ! と何かが砕《くだ》ける音と共に、男の巨体が吹き飛んだ。

そのまま青天《あおてん》させられたアメフト選手のように大の字で仰向けになる男

そして同時に試合終了のゴングが鳴り、審判員《しんぱんいん》が決闘台に上がってきた。

急なゴングの音に何が起こったか理解できないアミトは、恐る恐る目を開けて、対戦相手の男を見た。

白目をむいて口から大量の泡《あわ》をふいて気絶している。

「や、やっぱりだ……」

その姿を見てアミトは、確信した。そして、駆け寄ってきた審判員に慌てて言う。

「審判員さん、この人クスリやってます!!」

「はあ？」

審判員は怪訝《けげん》な表情でアミトの言葉に反応する。

「ほら、見てください、こんな泡ふいて！　戦う前から様子もおかしかったんです！」

「様子がおかしいのは君だ。ほら、さっさと決闘台を降りなさい」

「え……でも、試合は？」

「君の勝ちだろ」

「なんで!?」

「こっちのセリフだ！　いいから早く行って。次の試合があるんだから！」

「わかりました……」

納得のいかないままアミトはしぶしぶと決闘台をあとにする。

入れ違いに、決闘台の上では対戦相手の男を必死に回復させるエルマの姿があった。

（あーあ、やっぱアミトさんやっちゃったよ。こりゃダメージは回復できても、しばらく気絶したままだな）

悲しげに空を見上げる龍のタトゥーを眺めながら、エルマはため息をつくのであった。

＊

コロッセオ入場口を出て外ゲートに向かう途中、スフィアは気《け》だるそうに愚痴《ぐち》をこぼす。

「ちっ……不戦勝狙ってたアタシがまさか不戦敗を選ぶ羽目になるとはな」

それにフライトが答える。

「今から決闘台に向かえば不戦敗で終わるのは俺だけになるぞ？」

「王女様だけならともかく、うちの従業員もさらわれてんだ。そうはいかないだろ」

フライトは素直じゃないスフィアの頭にポンと手を置く。

「やめろっ、気持ち悪い」

フライトたちがミレイユから聞いた情報は簡潔明瞭《かんけつめいりょう》だった。

数分前にジータニア公認指定冒険者クラン『門番』のメンバーが倒《たお》れているところを運営スタッフが発見。『門番』のメンバーからエディリスとその場に偶然《ぐうぜん》居合わせていた少女がさらわれたことを確認。報告を受けたザッバスとダスバルが、ミレイユとリサにそのことを伝達。もう一人の少女が恐らくナーナであることを聞き、リサがナーナの持っているマジックアイテムから漏《も》れる微量な魔力を辿《たど》って追跡中。おおよその方向は霧《きり》の森。

最後にミレイユが付け足す。

「ナーナたちをさらったのは『赤獅子の暗団《あんたい》』だってザッバスさんが言っていたわ。だけどジータニアの面子《めんつ》もあるし、ギルドでは表立って動けないらしいの。ジータニア国民もたくさんいるコロッセオで、王女がさらわれたなんて情報が回ったらパニックになるし……」

「俺たちだけでなんとかしなきゃってわけか。『赤獅子の暗団』……やっかいだな」

走りながらフライトが言う。

「オタクんとこのグラニュートやエルマにはもう伝えたのか？」

続いてスフィアがミレイユに聞いた。

「グラニュートはちょうど試合中で、まだ。エルマも回復士スタッフの仕事中だから下手に呼び出せなくて。強引にでも呼んできた方がいいかな？」

ミレイユの問いにはフライトが答える。

「いや、いい。『鋼鉄』全員が決闘祭から抜けたら、かえって目立っちまう。『赤獅子の暗団』もコロッセオで騒《さわ》ぎを起こすことが目的じゃないだろう。向こうが静かに動くならこっちも静かに対処するまでだ」

しかし、どうも静かに事なきを得ることは難しいらしい。

外ゲートの両脇《りょうわき》に、ローブを着た二人の男が門番のように立っていた。

こちらの三人も男たちから出る殺気《さっき》を察知《さっち》し、立ち止まる。

「これはこれは、有名人が顔を揃えてどうしました？　まだ決闘祭の最中ですよ」

男たちが一歩前に出てローブの中にしまったナイフに手を回した。

フライトも背中に背負ったバトルアックスを握る。

「白々しい。王女たちをどこに連れていった『赤獅子の暗団』！」

「あらら、バレてるか。しかし、俺たちを『赤獅子の暗団』と知っているなら、少し態度が悪いんじゃないか？　俺たちはS級冒険者の先輩だぞ？」

「冒険者の資格を剝奪《はくだつ》された奴らに尽くす礼はない」

「言ってくれる。しかし、黒鬼のフライト。残念だが既にウチの団長が王女を獣車《じゅうしゃ》に乗せてここを出た。生憎《あいにく》、クルッセルの騎士団長を逃してしまったが……俺たちの仕事はこれ以上、ここから冒険者たちを抜け出させないことだ」

「二対三なら一人は抜け出せるぜ？」

「確かになあ……三人相手は正直、想定外だ。だが二人は確実に止められる」

「それはそれで舐められたもんだ」

フライトはバトルアックスを抜き、ミレイユに目配《めくば》せする。

「あいつらは俺とスフィアが相手する。おまえは通信魔法で連絡を取ってリサと合流しろ」

「わかった」

ミレイユが頷いたのを確認し、フライトはローブの男をめがけて走りだした。そして、巨大なバトルアックスを振り下ろす。

「即効防壁《そっこうぼうへき》発動！」

ローブの男がスキルを発動し、バトルアックスの刃がガキンと音を立てて止められる。

「へえ、さすがに技術だけはあるみたいだな元Ｓ級冒険者さんよ」

「青二才には負けてられないからな」

「ミレイユ行け‼」

フライトの合図でミレイユがゲートの中央に向かって駆けだす。

それを、もう一方のローブの男が阻止しようと動いた。が、男の前に煌《きら》びやかなツインテールがなびくと共に鋭利な鎌の先が現れる。

「よう、アンタの相手はアタシだ」

「ちっ！」

男は鎌をすんでで避け、地面に転がる。その隙を見て、ミレイユがゲートをくぐった。

「ナーナを任せたぞミレイユ！」

「オッケー、エール一杯おごりね！」

「がめつい常連だぜ、まったく」

激しい金属音を背にしながら、ミレイユは静かなアルバランの街頭を走る。

霧の森に向かって。

＊

ナーナが目を覚ますと薄暗い廃城の礼拝堂《れいはいどう》にいた。

体は縄《なわ》で縛《しば》られ自力で立ち上がることは困難だ。

隣《となり》では同じように拘束《こうそく》されているエディリスがナーナに肩を預けて眠っている。

（獣車で運ばれている最中に眠らされていたか……）

ナーナは自身の手首を確認した。光の鎖《くさり》がエディリスの手首とつながっている。

これは盗賊団によるものではない。ナーナのスキルで自らエディリスと自分にかけた手錠である。

「よう、目が覚めたか」

礼拝堂の奥。巨大な棺《ひつぎ》が置かれた壇上に、ローブを着た男が立っていた。

「あなたが『赤獅子の暗団』をまとめるリーダー？」

「まあ、そんなところだ。しかしまあ、アルバランの冒険者もだらしなくなったなぁ。王女の護衛に付いているクランがあの弱さじゃ、先輩として悲しいぜ」

ナーナはコロッセオでのことを思い出す。

エディリス一行が関係者席に着いたところでローブを着た三人の男が護衛クランの『門番』を反撃する間も与えずに制圧。そのままエディリスを麻酔針《ますいばり》で眠《ねむ》らせた。陰《かげ》で見ていたナーナは、一人でこの三人とやり合うのは不可能だと判断し咄嗟《とっさ》にエディリスと自分の間に鎖を繋《つな》いだ。こうすることでナーナ自身もあえて人質となったのだ。

ナーナは、ロッテが作ったマジックアイテムである、酒場の鍵《かぎ》が入ったポケットを見る。

（エルフ族のリサさんなら、酒場の鍵から漏れる魔力を察知してこの場所までたどり着いてくれるはず……）

「あなた達の目的は何なの？」

「まあ、そんな慌てるなよ。ナーナ・ホンスキン」

「っ⁉　なぜ私の名前を……！」

「そりゃ、知ってるさ。冒険者ギルド発足者カプレカ・ホンスキンの子孫であり……俺たちをアルバランから追放したギルド長、ガルシア・ホンスキンの娘だ。三年ほど前からおまえが諜報室の室長をやってるんだろ？」

（この男……侮《あなど》っていた。王女のアルバラン来訪を知っていたことといい、『赤獅子の暗団』は想像以上に情報収集力が高い）

「ああ、それで目的だっけか？　俺たちの目的は単純」

男はナーナの前に来て蹲踞《しゃが》みこむ。

「俺たちを追放したギルドへの復讐《ふくしゅう》だ」

男の目は黒く濁《にご》っている。

「なるほど……逆恨《さかうら》みもいいとこね。だけどギルドへの復讐とエディリス王女に何の関係があるっていうの。彼女はジータニア国の人間。ギルドとは関係ないわ」

「関係はある。俺たちはヴァルハードを復活させる」

「ヴァルハード……⁉　魔王軍幹部の大魔導師……！」

「さすが諜報室長、ヴァルハードを知っている人間も多くないだろう。ここは霧の森深くにあるヴァルハードの城だ」

大魔導師ヴァルハード。魔王の右腕と呼ばれた魔王軍の幹部。その魔力は絶大で多くの冒険者を葬ってきたという。この霧の森が立入禁止区域となるほど高レベルなモンスターが出現するのは、ヴァルハードが拠点としていた場所だからである。

「ヴァルハードを復活……？　おとぎ話の蘇生《そせい》魔法でも使うつもり？」

非現実的なことを言い出す男にナーナは皮肉交じりで言う。

「まさか。蘇生魔法なんて便利なものがこの世にあったら、先に蘇生させるのはヴァルハードじゃなくて魔王の方だろ」

「じゃあ、どうやって」

「室長さんならヴァルハードの資料にも目を通してるはずだろ？　奴は骨だけで生きるアンデッドだ。魂《たましい》が死なない限り、肉体の代わりとなる骨自体は朽《く》ちることがない」

「だけど、百年前の勇者はアンデッドの魂も浄化《じょうか》する力があったと聞いているわ」

「ああ、そうだ。それは間違いない。だから頭のいいヴァルハードは考えたのさ。殺される前に死ねばいいと。アンデッド特有の仮死状態って奴だ。ヴァルハードが生きていた時代、己《おのれ》の魔力を残留思念《ざんりゅうしねん》として保存する魔法があったらしい。保存されたものがどうなるかは、諜報室のおまえらもよく知ってるだろう?」

「まさか……魔石?」

「ご名答。魔王軍の魔族たちが残した魔力の残留思念が鉱石となったものこそが魔石。そしてヴァルハードほどの大魔導師となれば、その残留思念に魂の一部を保存できた……。つまり、魂だけを逃がして、朽ちることのない肉体は仮死状態にして残していたのさ。ここにな」

男は壇上《だんじょう》の棺を見た。恐らくあの中にヴァルハードの肉体となる骨が入っているのだろう。

「俺はたまたまそのヴァルハードの魂が封印された魔石をこの霧の森で見つけてな。奴の残留思念と会話し、契約《けいやく》したのさ。ヴァルハードを復活させる代わりに俺たちの復讐を手伝ってもらうってな。そして俺たちが新生魔王軍となる」

そう言って、男はローブの中から赤い魔石を取り出した。通常、魔石は中心に濁った光をとどめている。しかし男の持つ魔石はその光を失っていた。男との契約を最後に、残留思念に保存していた魔力が尽きたのだろう。

そこまで推察《すいさつ》したナーナは、導き出される仮説から、眠っているエディリスを見た。

「気付いたようだな。ヴァルハード本人から聞いた仮死状態から復活させるために必要なものは三つ。棺に封印された肉体となる骨。魂の一部となるこの魔石。そしてまだ処女である王族の生き血だ」

エディリスをさらったのは魔王軍を復活させるためだったのだ。

「ああ、ちなみに血はもう採取《さいしゅ》済みだ」

男が小さな注射器を取り出し、シリンジに入った血をナーナに見せる。

「それと、王女には復活したヴァルハードの最初の犠牲者《ぎせいしゃ》になってもらう」

「な……!?」

「そして、それを目撃したおまえをアルバランに帰して、ここで起こった事実を広めてもらう。一国の王女が、復活した魔王軍に殺された……いい筋書きだ。おまえが小細工して、わざと人質になったのも知った上だ。ギルドの人間が広報役となってくれるなら、むしろラッキーだぜ」

「この外道《げどう》……！　だけどそう上手く行くかしらね」

ナーナは唇《くちびる》を噛《か》む。そんな彼女の姿を見て男は一層嬉しそうにして言う。

「どうせ、マジックアイテムを利用して、魔力探知の優れた冒険者にここを見つけてもらおうって魂胆《こんたん》だろう？　ククク、どうだろうな。霧の森は瘴気《しょうき》が濃すぎて魔力探知を阻害《そがい》する。上手く見つけられないかもしれないぞ？」

「あまり今のＳ級冒険者たちを舐めないことね。あなたの時代よりも何倍も優秀なんだから」

「へえ、面白い。じゃあ、三十分だけ待ってやるよ。復活の観客は多い方が盛り上がるしな」

「余裕を見せたこと、あとで後悔《こうかい》しなさい。三十分もしないうちにアルバランの冒険者たちがあなたを追い詰めるわ」

＊

霧の森にある河原でリサは目を閉じ、感覚を研《と》ぎ澄まして魔力を探っていた。

その隣でミレイユがイライラしながらリサを睨《にら》む。


「……わからん」


「わからんじゃないわよ！　何分ここでそうやってるのよ！　あんたそれでもエルフ族なの⁉」

「うるさい！　わからんものはわからんのだ！　だいたいあれだ！　おまえが来るまでは上手く探知できていたんだ！　うるさい女が来たから集中力が途《と》切《ぎ》れたんだ！」

「だからあんたがそうやってる間は静かにしてるでしょうが！」

「イライラしてるのが伝わるんだよ！　プレッシャーかけるんじゃない！」

「わかったわよ！　じゃあちょっと離れるからもう一回やりなさいよ！」

「ああ！　そうしてくれると助かるな！　すまないな！　もう一回やるよ！　すまないなあっ!!」

リサはミレイユが川辺の方に離れていくのを確認すると、もう一度目を閉じて、気を集中させた。森から滲《にじ》み出る瘴気がフィルターのようにモヤをかける。さらに森の住人である高レベルモンスターたちの魔力が強すぎて、本来探知したいナーナの持つマジックアイテムの在《あ》り処《か》を隠す。

（できれば温存しておきたかった碧眼《へきがん》を使うか……）

そう思い目を開けた瞬間だった。

ゾッとするような強大な魔力がリサの全身を震わせた。

「ミレイユ動くな！」

咄嗟にミレイユに警告する。彼女も既にそれを目撃していたようで、リサに向けて静かに頷く。

リサはミレイユが見ていた方向にゆっくりと振り返った。

（なんだこのバケモノは……）

おそらくミレイユもリサと同時に感じていただろう。本物を前にした時の無力感を。それほどにそれが放つオーラは別格だった。

白く巨大な狼《おおかみ》の姿をしたそれは彼女らがまるでそこらの石ころかのように目もくれず、

ゆっくりと川の水を飲む。本来、猛毒《もうどく》であるはずのそれを平気な顔をして。

（あれが、神獣《しんじゅう》……フェンリル）

初めて目撃する神獣にリサは息をすることさえ躊躇《ためら》った。彼の気分次第で自分の命がここで終わるかもしれない。そのような恐怖を感じているからだ。

リサはこのままやり過ごすようにミレイユに目配せする。ミレイユも重々承知の様子だ。

が、水を飲み終わったフェンリルはその場を去ろうとせず、あろうことかミレイユを見つめていた。そしてゆっくりと彼女に近付き始めた。

リサは判断に迷う。フェンリルに手を出すべきか。ミレイユに合図を出して逃げるべきか。下手に動いたらかえってフェンリルを刺激するかもしれない。数々の修羅場《しゅらば》をくぐってきた『白騎士』の騎士団長でさえ、どうすればいいかわからず、決断を下せないでいた。

それはミレイユも一緒だった。先のサラマンダーと戦った時ですら、これほどの恐怖を抱かなかった。動けない。あえて動かないという選択肢を取っているのではなく、単純に気圧《けお》されて動けない。

そんなミレイユの目の前にとうとうフェンリルがやってくる。その鼻先をミレイユの体に近付け、何かを確認するように全身を嗅《か》ぎ始める。そして、ミレイユの目を見つめると、続いてリサの方向に顔を向けた。

しばらくリサと目を合わせたフェンリルは、今度は森の奥、ある一点を見つめ、静かに歩き出した。

胸をなでおろすミレイユにリサが言う。

「ミレイユ……付いて行くぞ」

「え……⁉ 何言ってるのリサ」

「いや、私もわからないが……あのフェンリルからそう言われた気がした」

「付いていこいって？」

「ああ」

「……わかった」

ミレイユもなぜかリサの提案を否定する気にはならなかった。それはあのフェンリルに鼻先を向けられた時、恐怖以外の何かを感じたから。

そして、二人は森の奥へ進むのだった。

＊

コロッセオ、外ゲート前。

空を裂く巨大な斧《おの》が二つのナイフでパリィされ金属の擦《こす》れる音を鳴らす。

「ナイフだけで戦闘するのは、おたくらチームのポリシーか何かなのか？」

受け流されたバトルアックスを構え直し、フライトが対峙《たいじ》する男に言った。

男はクルクルと両手のナイフを回し、フライトに答える。

「暗躍《あんやく》するのにそんなバカでかい武器持ってたら不便だろ」

「悪事を働くために暗躍したことなんてねーから、その発想は浮かばなかったわ」

「煽《あお》りだけはいっちょ前だが、さっきから全くその斧が活躍できてないぜ？　あっちの鎌もそうだ。デカいだけで役に立たなきゃ意味もないな」

そう言って男はスフィアの方を見る。

スフィアもまた、鎌の斬撃《ざんげき》をダガーで止められていた。

フライトは間合いをはかりながら、男に問いかける。

「そういう、そちらさんこそ、こっちの攻撃をパリィしてるだけで全然攻めてこねーじゃねーか。もう一人の仲間を待ってるのか？」

「さすがにバレてるか」

「あんたらのチームは残り四人と聞いている。ナーナたちを連れてったのが団長一人なら数が合わねーからな」

「その通りさ。悪いがもう一人の戦闘技術は団長と並ぶ。既に通信魔法で持ち場からこっちに来るようメッセージは送ってある。三人揃ったところで一気に叩きのめすって戦法さ。下手に攻撃をしかけてないのはそれまでの時間稼《かせ》ぎだよ」

「時間稼ぎねぇ……」

「どうした、表情が険《けわ》しいな。やり過ごされてる事実にプライドが傷ついたか？」

男が薄気味悪く笑ったところで、フライトのもとにスフィアが弾き飛ばされてきた。鎌とダガーの競り合いで打ち負けたということだ。

ダガーの男が両手使いの男と並ぶ。

「この様子じゃ二人だけで片付けられそうだな。思ったより若手が育ってなくて少し残念だ」

「確かにな。あの野郎もどこで遊んでんのか、まだ来ないし、俺たちだけで終わらせるか」

飛ばされた勢いで地面に膝をつけていたスフィアに肩を貸しながら、フライトは再度問いかけた。

「その仲間ってのはどこの持ち場にいるんだ？」

ダガー使いの方が答える。

「持ち場というよりは、あいつは決闘祭に参加してるんだよ。邪魔《じゃま》になりそうな前衛の冒険者はほとんど大会に出場する側だからな。特に強い奴らはトーナメントにも残る。試合で直接やり合って再起不能にした方が早いってわけだ」

フライトは口に手を当て考える。だとすると、決闘祭に参加している冒険者たちも危険かもしれない。勝ち残った手練《てだ》れたちの相手も想定しているということはさすがにルールを逸脱《いつだつ》した蛮行《ばんこう》には及ばないだろうが、ギリギリを狙って対戦相手をねじ伏せるかもしれない。特に低級冒険者も参加している予選では元S級冒険者の攻撃をまともに食らったら、すぐに回復士スタッフに回復してもらっても、しばらくは後遺症《こういしょう》が残る可能性だってある。

そんなフライトの不安が見透《みす》かされたのか、男たちが笑い出した。

「ギルドに縛られたS級冒険者さんはあっちもこっちも心配しなきゃで大変だなぁ？」

ダガーを持つ男の冷やかしに続いて、両手使いの男も煽る。

「そういえば、初戦の相手は紋なしの冒険者見習いらしいぜ？　今ごろとんでもないトラウマを植え付けられてるかもな」

それを聞いてフライトはスフィアの顔を見た。

スフィアも同じタイミングでフライトの方に振り向いていた。フライトはつい失笑する。スフィアはそれを見てため息を漏らした。

「んだよ、骨折り損のくたびれ儲《もう》けって奴じゃねーか。もういいだろ黒鬼？」

フライトは腹を抱えて笑い続けている。

態度が一変したフライトに男たちが怪訝《けげん》そうな表情を浮かべた。

「何を笑ってやがる。メンタル崩壊したか？」

フライトは男の言葉に、笑いすぎて溢《あふ》れる涙を拭《ぬぐ》ってから答えた。

「ダハハ……悪い悪い。俺たちもちょっとした作戦を考えててな。おまえら二人をやったところで、もう一人の行方《ゆくえ》がわからないと探すのにも苦労する。じゃあ、おまえらと合流するのを待てばいいんじゃないかってな」

「なっ……！　どういうことだ！」

「時間稼ぎしてたってことだよ」

「テメー……っ！」

「だけど、その必要もなくなった」

「訳がわからないこと言いやがって。その内もう一人も来ておまえらは終わりだ！」

「いや、来ないね。もしかしたらそいつがトラウマを植え付けられてるかもしれない。……ってことで、いいぜスフィア。もう本気出そう」

スフィアは、ようやくかという表情で鎌を背負う。

男たちはフライトの言葉に納得がいかないのか顔を歪ませてナイフを構える。

「本気だぁ？　舐めやがって。別におまえらの相手なんて俺ら二人でも十分だ！」

そして二人同時に地面を蹴《け》り、フライトたちに飛びかかってきた。

それに合わせてフライトとスフィアがカウンターを入れるため、それぞれの武器を振り下ろした。男たちはこれまで通りナイフでその刃先を受け止める。

が……これまで通りなのはここまでだ。

彼らの前に、世にも恐ろしい黒鬼と死神が現れた。

背筋に寒気を感じた次の瞬間。簡単に弾《はじ》けていたはずのフライトたちの攻撃が、先の何十倍もの圧力を持って、ナイフごと男たちの体を地面に叩きつけた。

硬いアスファルトとの衝突に激しい音を立て、二人の男は同時に失神した。

フライトはそんな男たちを見下ろして言う。

「思ったほどじゃなくて残念だよ、先輩」

*

フェンリルの後を追って森の奥へと進んでいたリサとミレイユは、霧で隠れた大きな廃城《はいじょう》にたどり着く。

城の入り口前には小型の獣車が停《と》まっていた。

「ナーナが持っているマジックアイテムの魔力を感じる。王女もこの中にいるはずだ」

リサがミレイユに言う。

フェンリルはリサたちの方を一瞥《いちべつ》すると、そのまま森深くに去っていった。

「わかってて案内してくれたのかな?」

「さあな。神獣は人間とコミュニケーションを取らないと言われている。ただの気まぐれかもしれん」

城の門を開くと、中はそこかしこに蜘蛛《くも》の巣《す》が張り、壁や柱も老朽化《ろうきゅうか》が進んでいた。

「相当に昔の城みたいだね」

「霧の森にこんなところがあったとはな」

リサは言いながら魔力を辿《たど》って通路を歩く。しばらくすると大きな両開きの扉が見つかる。

取っ手を見ると表面だけホコリが払われていた。直近でここが使われたのは間違いない。

リサは腰の十字剣に手を回し、ミレイユは着けていたグローブの裾《すそ》を引っ張る。

そして、二人同時に扉を蹴り開けた。

中は礼拝堂だった。奥には巨大な棺とローブを着た男が立っている。

脇の柱にはナーナとエディリスが体を縛られ、座っていた。

入ってきたリサとミレイユの姿を見てナーナが男に叫《さけ》ぶ。

「言ったでしょう？　アルバランのS級冒険者を舐めないほうがいいって」

「いや、三十分ギリギリだぞ。よくそんな自信満々な態度が取れるな」

「き、来たことは来たじゃない！」

鼻息を荒くしているナーナの元にミレイユが駆け寄る。

「ナーナ大丈夫⁉」

「ミレイユちゃん、ありがとう」

「エディリス様は？」

「眠ってるだけよ」

「そう……よかった」

リサも横目でその様子を確認し、棺の前で立っている男に話しかける。

「貴様が首謀者《しゅぼうしゃ》か?」

「いかにも。『赤獅子の暗団』団長のキルケだ。よろしくな」

「理解してると思うが貴様の悪事もここまでだ」

「いや、理解してないなぁ。なぜおまえが俺に勝てる前提で話を進めてるんだ?」

「これは失礼した。言語が理解できない相手だったか。では実践《じっせん》してわからせよう」

「ったく、どいつもこいつも今のアルバランは先人への敬意が足りないらしい」

キルケは言ってローブを剝ぐ。

その下に纏《まと》っていたのは全身に古代文字が刻まれた黒のアーマー。

リサは間髪《かんぱつ》入れずに十字剣を抜いた。そして、碧眼を発動させる。

「エルフ族の碧眼か。いきなり本気とは遊び心がない奴だ」

「悪党相手に遊んでやれるほど暇《ひま》ではないんでな」

十字剣を水平に構え走り出すリサ。剣先が淡く光りだす。

キルケがそれを見てニヤリと笑った。

「噂《うわさ》の光剣《こうけん》か」

リサの十字剣がキルケの胸めがけて振り抜かれる。

「光一閃《ハイペリオン》！」

剣先から漏れるまばゆい閃光が半円を描く。

キルケは咄嗟に右腕を出し籠手でそれを受け止める。激しい火花が散ったのち、キルケの纏っていたアーマーに刻まれた古代文字が、リサの十字剣から放たれている光を吸い込む。そして一瞬の間をおいて逆にアーマーから光が放たれた。

その反動で剣ごとリサの体が吹き飛ばされる。

「くぁっ！」

宙で体を捻《ひね》り、受けた力を逃しながらリサは床を滑《すべ》って着地した。

「バーンフレイム‼」

すかさずミレイユが一点集中型の炎魔法を繰り出す。レーザーのように放たれた炎の渦《うず》が一直線にキルケを襲う。

しかし、キルケは胸を張りながらそのままミレイユの放った魔法を受け止めた。

いや……受け入れた。

再びアーマーの古代文字が光ると同時にミレイユのバーンフレイムが吸い込まれるように消えていく。そして、アーマーの胸部から倍の火力を持った炎が解き放たれた。

「なっ！　『即効防壁《そっこうぼうへき》』発動！」

咄嗟に防壁を展開するミレイユ。炎とぶつかり合い、防壁はあっという間に消えていく。

「現役冒険者の防壁は脆《もろ》いなあ。修業が足りないんじゃないか？」

「いちいちムカつくわね！　その口ごと凍らせてあげる！　――アイス……」

「打つなミレイユ！」

　リサが叫んだ。

　ミレイユは詠唱《えいしょう》を中断し、リサを見る。

「なんでよ、リサ！」

「恐らく奴に魔法やスキルは通用せん」

汚れた城の窓から漏れる微《かす》かな光がキルケを照らす。逆光に包まれたキルケはリサに向けて小さく手を叩いた。

「さすが『白騎士』の騎士団長。判断が早い」

「そのアーマーか？」

「その通り。こいつは魔法やスキルによる全ての攻撃を吸収し、倍にして返す『リフレクトアーマー』。この城の奥底に隠《かく》されていた神具《しんぐ》だ」

「神具……!?　再現が不可能といわれている古代のマジックアイテム……」

神具という単語にナーナが反応する。

ギルドの適性審査で使われている魔力測定の水晶玉と同じだ。神具は非常に希少《きしょう》で、まだ発見されていない物も多い。キルケが着ているアーマーもその内の一つということだ。

「いい置《お》き土産《みやげ》をもらったよ」

　この城に隠されていたなら、恐らく魔王軍が切り札として所持していたのだろう。その在《あ》り処《か》をキルケはヴァルハードの残留思念と会話した時に聞き、入手した。ナーナの表情が一気に曇《くも》った。

（神具なんて反則だ。これじゃあ勝ち目なんて……）

　そう思っていたのはナーナだけじゃない。

　ミレイユもリサとキルケを交互に見ながら動揺《どうよう》している。

「え、待って。じゃあ魔法打てないってこと？」

　リサがイライラした様子で答える。

「だからそう言ってるだろ」

「いや、案外もう一回打ったらいけるかも……私の魔法強いし」

「バカかやめろ！　話聞いてなかったのか！　跳《は》ね返ってくるんだぞ！　おまえクラスの魔法が倍になったからこそ簡単に防壁が消失したんだろ！」

「じゃあ、あんたがどうにかしなさいよ！　剣士でしょ！」

「だーかーらー！　私の剣技スキルも跳ね返されるんだ！　さっき光剣を打った時のこと見てなかったのか！」

「光剣使わないで剣一本で突っ込みなさいよ！」

「言われなくてもわかってる！　魔法しか使えない役立たずは黙ってろ！」

「あ！　今の酷《ひど》くない⁉　職業差別なんですけど！」

「剣士だからってスキル無しで特攻させるほうが職業差別だろうが！」

「はあ？」

「はあああ⁉」

ピチュン――

キルケの指から放たれた武装解除スキルの光弾が、リサの手元を狙《ねら》い、持っていた十字剣を遠方に弾き飛ばす。

「あっ」

クルクルと回って宙に舞う十字剣を見ながらリサはマヌケな声を出した。

呆《あき》れたようにキルケが言う。

「おいおい、アーマーにばっか注目が集まっているが、一応こう見えて俺は元S級冒険者だぜ？　あまり油断するなよ」

「くそっ。バカのミレイユのせいで……」

「あーあ、他責思考の団長がいる『白騎士』のメンバーがかわいそうだわ」

魔法を封じられた魔法使いと、剣を失った剣士。

いがみ合う二人を見てキルケはつまらなそうにため息をついた。

「詰《つ》みだな。ひとまず、その汚い罵《ののし》りあいを静かにさせるとしよう」

そして、ナイフを取り出し、静かに棺のある壇上から降りる。

リサとミレイユはキルケに向かって身構えた。しかし、策《さく》などない。キルケの言う通り状況だけ見れば詰みだ。彼女たちができるのは、冒険者として、この場から退《ひ》かないこと。ナーナとエディリスだけは守る。それだけは貫《つらぬ》こうと集中していた。

ギシギシギシと、キルケが足を進める度にアーマーの擦れる音が礼拝堂に響《ひび》く。

「終わりだ、アルバランの冒険者たち」

キルケが微笑したその時だった。

ナーナの足元に突然、魔法陣が浮かび上がり、激しく発光する。

その光に全員の視線が向けられた。

光は徐々に消えていき、その中から一人の少年が現れた。

それを見てキルケが足を止める。

「あ？　何者だてめえ」

少年はキョロキョロと辺りを見回した後、声の主を特定してから、

「僕ですか？」

キルケに答えた。

「僕はしがない酒場店員です」

アミトの登場である。

# 第九話　「Ｓ級冒険者が集う、この酒場で一番強いのは……」

予選試合を終え、カップのジュースを買ってからアミトが客席に戻ると、そこにはロッテの姿だけだった。

スフィアは次の試合に行ったとして、未だナーナが帰ってきていないことに疑問を抱いたアミトは、席に着くなりロッテに聞いてみる。

「ナーナさんまだ帰ってきてないんですか？」

「さらわれたらしい」

ブーッ！

飲んでいたジュースを客席にぶちまける。幸い前の席には誰も座っていなかったので被害者は〇《ゼロ》だ。

「え⁉　さらわれたってどういうことですか⁉」

「エディリス王女が盗賊団《とうぞくだん》にさらわれ、そこにたまたま居合わせたナーナも連れてかれたらしい」

「エディも⁉　え、大丈夫なんですか、それ⁉」

「ああ、リサやミレイユがその盗賊団を追っている」

「なんだ……あの二人が動いてるなら大丈夫ですね……」

動転していた気を一旦静め、アミトは席に着く。

(昨日の暴漢《ぼうかん》と何か関係あるのかな？　もしかして、あれが盗賊団だったり……？)

カップの中で揺《ゆ》れるジュースの波を眺《なが》めながらアミトは、一人考える。

(まあ、でもアルバランには心強いS級冒険者が揃《そろ》っている。盗賊団が現れようと、あの人たちがいれば安心だ)

そう思いつつ、心なしかジュースの波が大きくなっていた。

「ずいぶんソワソワしているな」

そんなアミトを見てロッテが言った。

「え？　そう見えますか？」

「見えるな」

「……まあ、やっぱり心配というか」

「じゃあ、おまえも行け」

「はい？」

「おまえもリサたちのところに行って一緒にナーナたちを救ってこい」

「いやいや、ロッテさん。僕が行ったたって足手まといになるだけですよ」

「うるさい、行け」

「間髪入れない強引さ！」

「行かなきゃ今月の給料を半額にする」

「職権乱用《しょっけんらんよう》もいいところ！」

ロッテの顔を見る限りマジで言ってそうなので、アミトは一応確認する。

「そうは言っても、盗賊団がどこに行ったか知ってるんですかロッテさん？」

「知らん」

「もう少し考えて喋《しゃべ》ってもらえます⁉」

「でも酒場の鍵《かぎ》があるだろ？」

「酒場の鍵？」

言われてアミトはポケットから鍵を取り出す。

「その鍵はナーナの持っている鍵とリンクしている。その魔力をつないでリンク先のナーナの元に転移しろ」

「転移？　そんなことできるんですか？」

「あーできるできる」

「なんで棒読みなんですか？」

「いいからやるぞ。鍵をよこせ」

そう言うと、ロッテはアミトから鍵を受け取り、その先端をスタンド席の床にこすり付けた。

そしてそのまま魔法陣《まほうじん》を描く。鍵の動きになぞられた部分が光り出す。

「よし、そこに立て」

ロッテはアミトを魔法陣の上に立たせ鍵を渡した。

魔法陣の上に立ちながらアミトは、強盗がバイト先に現れた転生前のことを思い出す。この現状があの夜と重なり、ソワソワしていたのかもしれない。何もできなくても、やはり何かしたい。大切な人を助けたい。そんな気持ちをロッテは後押ししてくれたのだろう。

「ロッテさん、ありがとうございます」

「なんのことやら」

ロッテが小さな声で詠唱《えいしょう》を始めると、魔法陣が光り始めた。アミトの持っていた鍵が熱くなる。

《オートスキル　『技位進化』発動　（古代語）》

そして光と共にアミトはスタンド席から姿を消した。

その光景を見て、ロッテは独り言をこぼす。

「まさか、本当にやってのけるとはな」

人間を転移させる魔法など、この世界には存在しない。あるのは、物を転移させる魔法のみだ。それも同じ術式を付与させたマジックアイテム間に限定されている。

しかし、ロッテはアミトならその転移魔法を利用して、自分自身を転移させることが可能なのではないかと推察《すいさつ》した。根拠《こんきょ》はない。別にできなかったら、できなかったで問題もない。

リサとミレイユが救助に行っている以上、アミトを送り出したのは保険だ。

ただ、なぜだか成功する気はしていた。彼が何者であるかは関係ない。彼が、エディリスを、ナーナを助けたいと、切に願っていたからだ。

ロッテは席に座り、アミトが残したカップに手を伸ばす。

「頼んだぞ、アミト」

オレンジ味のジュースを喉《のど》に流し込みながら、ロッテは一人つぶやいた。

＊

「アミト君！」

しばられているナーナとエディリスを見たアミトは急いでその縄《なわ》をほどこうとする。

「ナーナさん大丈夫⁉」

「どうしてここに！」

縄はギチギチに縛られていて、刃物で切りでもしないと、ほどくことは難しそうだ。

「待っててね、ナーナさん。先にリサさんたちの援護《えんご》してくるから」

「何言ってるの、危ないから早く逃げて！」

「確かに僕じゃ足手まといかもしれないけど……ここで逃げだすような僕だったら、初めから異世界《ここ》にはいなかったと思うんだ」

「アミト君……？」

「それに安心してよナーナさん。僕は援護しかできなくても、こっちには最強の二人がいるじゃない！」

アミトはキラキラした目で、リサとミレイユを見た。

その期待のこもった眩《まばゆ》い視線に、リサとミレイユは同時に目を逸《そ》らした。

そして、これは二人だけでなくナーナやキルケも抱いた疑問であるが、そもそも、

（このガキ……どうやって城の中に入ってきた）

どう見ても普通の登場ではない。まるで別の場所から転移してきたかのように突如《とつじょ》として姿を現した。キルケは若干《じゃっかん》の動揺を見せる。

一方リサは、キルケと同様の疑念《ぎねん》を持ちつつも、これまで感じていたアミトへの違和感が確信に変わる。アミトが只者《ただもの》でないという確信。

そしてミレイユにいたっては、アミトならやりかねないという達観《たっかん》した目線でいた。

そんな場の雰囲気《ふんいき》を当然、知る由《よし》もないアミトは、視線を逸らすリサたちを見て、こんなことを考えていた。

（リサさんたち……いつにもなく集中している！　地面をジッと見つめて。あれがＳ級冒険者たちの臨戦態勢《りんせんたいせい》ってやつか。僕も足手まといにならないよう、気を引き締めなきゃ）

一方でしばらく様子をうかがっていたキルケは、アミトの存在にどう対処するか黙考していた。

（腕輪をしているから冒険者か。こいつらと同じＳ級には見えないが……牽制《けんせい》しておくか）

そして流れるような手つきで腰のホルダーに納めていた数本のナイフから一本を取り出し、アミトに向けて投げる。

あまりに自然で素早い動作。その場にいたリサたちも反応が遅れた。既《すで》にナイフの刃先はアミトに届く寸前だった。

「アミト！」

リサが叫んだ。

アミトが振り返る。そして、ナイフを視認してから〇・〇三秒の出来事だった。

アミトの人差し指が向かってくる刃の横面をつつき、ナイフの向きを変える。そして、そのまま中指で弾《はじ》き飛ばす。弾かれたナイフはキルケが投げた何倍もの速度で飛んでいき、廃城の朽ちた柱に突き刺さった。

キルケは言葉を失った。

（なんだ、このガキ……！）

しかし、当のアミトは何事もなかったかのような顔をしている。あまつさえ、とぼけたような声で、

「リサさん、呼びました？」

リサも困惑《こんわく》していた。アミトの動きが見えなかったからだ。確かにナイフはアミトに向かっていたのに、気付いた時には遠方の柱に刺さっていた。

（アミトが飛んできたナイフを弾いたのか？　だけど、なぜ奴はあんな平然としている。ナイフを弾いたなら、アミトの意思で行ったことじゃないのか。まるで最初からナイフなんて飛んできていなかったかのように……）

リサの考えは間違っていた。アミトは意思によってナイフを弾いたのではない。記憶のない訓練によって培った潜在意識《せんざいいしき》で筋肉が勝手に反応し、アミト自身も気付くことなく、飛んできたナイフに対処《たいしょ》したのだ。熱い物を触ったら手を引っ込める脊髄反射《せきずいはんしゃ》のようなものである。故《ゆえ》にリサに呼ばれてから、たった〇・〇三秒しかナイフを視ていないアミトにとって、それは最初からほぼ存在していないに等しいのである。なので、正確に言えば、リサの考えは最後の部分だけ正解していた。

（いったい何者なんだアミトは……いや、今は奴の素性《すじょう》を気にしている場合じゃない）

一方、リサに呼ばれた理由を考えていたアミトは、その答えにたどり着く。

（ああ、そうか！　援護するなら今だって合図だ！）

もちろん見当違いの答えを引っさげて、リサとミレイユに向かってアミトが叫ぶ。

「援護します！　その隙《すき》に二人でやっつけちゃってください！」

そもそも、それができたら苦労していない状況なのだが……それよりも、ミレイユはある不安が頭によぎり、焦《あせ》った様子でアミトに聞いた。

「待って、アミト。援護ってどうやって……」

「サラマンダーの時みたいに魔法で足止めしてみる！」

「ダメ！　それだけは！」

ミレイユの懸念は当たっていた。バケモノじみた威力を持つアミトの魔法が、キルケのアーマーに吸収され倍になって返ってきたら、容易に防壁を貫通してくるだろう。

リサもミレイユの狼狽《ろうばい》ぶりに、諸々察《もろもろさっ》したのか、一緒になってアミトに呼びかける。

「そうだアミト、それだけはやめろ！」

鬼気迫《ききせま》る二人の形相《ぎょうそう》に、アミトは彼女らが言わんとしていることを理解する。

「なるほど、わかりました！」

ホッと胸をなでおろすリサとミレイユ。

そんな二人の後ろで、アミトはキルケに向かって手をかざした。

「ん？」『え？』

「ファイアボウル!!」

「「わかってない!!」」

アミトは両手から特大の火球を放ち、二人に言う。

「サラマンダーの時に使った広範囲型の氷魔法だとエディやナーナさんを巻き込んじゃうかもしれないから、一点集中型の炎魔法を使えってことですよね！　さすがのアドバイスです！」

「「全然ちがーう!!」」

二人の嘆《なげ》きもアミトの放ったファイアボウルの轟音《ごうおん》でかき消される。

火球は真っ直ぐにキルケに向かった。

キルケは最初に持っていたナイフを鞘《さや》にしまい、アーマーでファイアボウルを受け止める準備をした。

(見かけの割にすげえ威力の魔法を打ちやがる。やはり只者じゃねーな、このガキ)

そして、勝利を確信して笑った。

「だけどこの威力の魔法を倍にしたら、さすがのS級冒険者さんたちも受け止めきれないだろおおお！」

薄暗かった廃城が真っ赤に染まるほど輝く火球がキルケのアーマーに接触する。刻まれた古代文字がそれと同時に光り出した。

「終わりだ青二才どもおおおお！」

《オートスキル　『神具破壊』　発動　（古代語）》

途端《とたん》、電源が切れたかのようにアーマーの古代文字が光を失った。

「え……？」

パキパキ――

キルケが違和感を覚えた次の瞬間。

バリーンッ!!

アーマーが激しい音を立て砕け散った。

その場で巨大なファイアボウルが火花を散らして爆散《ばくさん》する。

そして、アーマーとファイアボウルが衝突《しょうとつ》した際に生まれたエネルギーが、パンツ一丁になったキルケの体を吹き飛ばした。

飛んでいくキルケは、その背中を壇上《だんじょう》の棺に当て、ズルズルと腰を地面に着ける。

「ぐふっ……うう」

ファイアボウルが消滅《しょうめつ》し再び暗くなった廃城に、キルケの低い呻《うめ》き声《ごえ》が小さく響いた。

その光景にリサがミレイユに向かって、何が起こったのか説明しろと目で訴《うった》える。もちろんミレイユも呆気《あっけ》にとられた表情で首を振るだけだ。

今回は目を開けたままファイアボウルを放ったアミトも一瞬、思考が停止している。

しかし、バイアスとは怖いものだ。アミトは瞬時にこう解釈する。

「さすがです、二人とも！　僕の弱小な援護魔法で生まれた、ほんのわずかな隙を見逃さず一瞬で攻撃するなんて！　速すぎて攻撃したとこ見えなかったですよ！」

もう、ここまで来ると皮肉で言われてるんじゃないかと疑《うたが》いたくなる二人だが、アミトの目は純粋《じゅんすい》そのものである。

アミトは嬉しそうにナーナの方にも向いて、

「ね、ナーナさん、言ったでしょ！　やっぱりアルバランのS級冒険者ってすごいよね！」

「え……ああ、うん」

ナーナも混乱していた。目の前で起こったことだけを説明するなら、アミトが理解不能なくらいバカでかい魔法を打って、破壊されることがないはずの神具を打ち破ってキルケを一発でノックダウンさせた。シンプルに、こうとしか見えなかった。

（いや、でもそんなこと起こりうるわけない。アミト君が言う通り、リサさんとミレイユちゃんが目にも止まらぬ速さでキルケを倒した……？　うん、そうに違いない）

つくづく、バイアスとは怖いものである。

ともあれ、危機は去った。

リサが礼拝堂の奥で転がっていた十字剣を拾い、ナーナたちの縄を切る。

エディリスは眠ったままだ。アミトがエディリスの元までやってきて、汗で乱れた髪を整えてあげると、小さく寝言をつぶやく。

「アミト……騎士なら助けにきなさい……」

「来たよ、エディ」

そのままアミトはエディリスの頭にポンと優しく手を置く。

そこにミレイユもやってくる。

「今フライトに通信魔法で連絡とったよ。ザッバスさんたちがギルドの獣車で迎えに来てくれるって。外に出たら森の毒にやられないように、エディリス様とナーナには私が毒耐性の魔法をかけるわ」

「ありがとうミレイユちゃん。あとアミト君にもかけてあげて」

「え？　ああ、そうだった」

必要あるかなと、思いつつもミレイユは頷《うなず》く。

案《あん》の定《じょう》アミトはアミトで、

（森の毒ってなんだろう？）

と、いまいちピンと来ていない。

そんなアミトを細い目で見るリサは、彼に対するありとあらゆる疑念を一旦、保留《ほりゅう》にし、十字剣を鞘に納めた。

「とりあえず、あの盗賊団を縛っておくか」

そう言ってキルケが打ちのめされた棺の方を見る。

「っ‼」

キルケが立ち上がっていた。棺に寄りかかりながら、こちらを睨んでいる。

リサが叫ぶ。

「大人しくしていろ！　そんな姿で抵抗する力も残っていないだろう！」

誰が見てもキルケは満身創痍《まんしんそうい》。リサの言う通り、戦うことすらままならないだろう。しかし、彼は気味悪く笑う。

その真意に気付いたのはナーナだった。

「まさか……まずい！」

キルケは棺の蓋《ふた》を開ける。

「もう遅いぜ。俺をコケにしてくれた報《むく》いは受けてもらう」

そして、かろうじて残っていたパンツのポケットから魔石を取り出し、棺の中に放り投げる。

次いで血の入った注射器を取り出した。

キルケが起こした突然の行動、それに動揺するナーナ。嫌な空気を感じながらリサはナーナに説明を求める。

「奴は何をしようとしている」

「あの棺には魔王軍幹部《かんぶ》ヴァルハードが仮死状態で眠っています」

「魔王軍幹部だと……⁉」

「あの男の目的はそれを呼び起こすこと」

「くっ……させるか」

キルケを止めようとリサが十字剣を抜き、光剣を発動させるが、一足遅かった。

注射器に入ったエディリスの血は既に棺の中に注入されていた。

棺から黒いオーラが噴出《ふんしゅつ》される。そして、その奥から現れた巨大な骨の数々が一本一本、宙に舞い、人の形を成していく。餓者髑髏《がしゃどくろ》のような骨の巨人が完成されると、そこに黒いオーラが纏わり、ローブと杖が現れ、魔導師の姿へと変貌《へんぼう》する。

頭蓋骨《ずがいこつ》に赤い目が宿ると、低く何重にも重なった声が響いた。

『グハハハハ――ようやくこの時が来たか』

大魔導師ヴァルハードがここに復活した。

その圧倒的《あっとうてき》なオーラに、リサたちは言葉を失い、押し黙る。

『よくやったぞ――キルケ』

「へっ……苦労したんだ。よろしく頼みますぜ、大魔導師様」

『よかろう。新生魔王軍の誕生だ。して、まずはそこにいる仔羊《こひつじ》どもを葬《ほうむ》ればよいか』

「そうだな。あんたが復活したことを知らせる役が必要だ。一人残して、後は好きにしていいですぜ」

『ふむ……では殺そうか』

突然現れた巨大なアンデッドにミレイユが構えながら前に出る。

「な……なんなのよあんた」

『人間ごときが、頭が高い。――【ひれ伏せ】』

ヴァルハードが指をクイっと下に向ける。

すると礼拝堂の重力が何倍にも増し、その場にいた全員が強制的に膝を着けさせられた。

リサやミレイユですら抗うことが不可能な力。地面にめりこむほどに見えない力で上から押さえつけられ、立ち上がることができないでいる。

――一人以外。

「あれ、どうしたのみんな？」

アミトだけ平気な顔して立っていた。

そんな少年を見て、大魔導師ヴァルハードは低い声で唸《うな》った。

『ほう、私の服従《ふくじゅう》魔法に耐える奴がいるとは………』

そして、アミトを二度見する。

一度、天井を見上げ……三度見。

骨の手をチョイチョイと動かしキルケを呼ぶ。

「どうしました大魔導師様」

ヴァルハードは口元を手で隠し小声で言う。

『ちょっと、話違くない？』

「はい？　どういう意味です？」

『残留思念で契約した時、言ったよね。我は勇者がいなくなった後の時代を狙って仮死状態になったって』

「ああ、言ってたな」

『それで貴様が、魔王様がやられてからもう百年近く経っていて勇者はこの世界にもういないって言ったから、じゃあ復活するかって話だったよね？』

「ええ、まあ。今の時代に勇者なんていませんから」

『いや、いるじゃん』

「はあ？」

『生きてるじゃん』

「何言ってんですか大魔導師様。しっかりしてくれよ」

『いや、無理なんだけど。え、マジで信じらんない。話違うんだけど。無理無理。勇者生きてるなら、我また仮死状態なるよ。あいつ悪魔だもん。バケモンだもん。久々に勇者の顔見て吐《は》き気《け》してんだけど』

「だから、どこに勇者がいるってんだよ！　確かに一人変なガキは紛《まぎ》れてるが、あいつらはただの冒険者だぞ！」

『逆ギレとかないわ。キレたいのこっちだわ。契約破棄《はき》にしてください。さようなら』

「え⁉　ちょっ、待て！　おい！　ヴァルハード！」

巨大なヴァルハードは再度バラバラの骨になり、棺の中に帰っていく。そして、当てつけのように棺の蓋がバンッ！　と強く閉ざされた。

キルケが何度も棺を叩くが反応はない。

その間に、服従魔法から解き放たれたリサとミレイユがキルケを囲んでいた。

気付いたキルケが、二人の方を向いて、苦笑いする。

「あ、あはは。話し合いをしようじゃないか後輩諸君。な？」

＊

大魔導師ヴァルハードの廃城で、男の断末魔《だんまつま》の声が響いたのは言うまでもないだろう。

ギルドによって拘束された『赤獅子の暗団』六名の身柄は、そのままジータニアに引き渡され、拘置所《こうちじょ》に収監《しゅうかん》されることとなった。幸い、眠らされていたエディリスは、拉致されていた最中の記憶はなく、冒険者によって救助されたということだけを知らされている。その中にはもちろん、アミトの名前も入っており、エディリスは迎《むか》えに来たジータニアの近衛《このえ》に駄々《だだ》をこね、大使を連れて酒場に来ていた。

決闘祭の打ち上げで賑《にぎ》わう『夕闇《ゆうやみ》の宴《うたげ》』のカウンターに座るジータニア大使はロッテに頭を下げる。

「急に押し掛けてすまんね、ロッテさん。どうしてもアミト君に会いたいと王女が聞かなくて」

その横で、エディリスは皿に盛られたスフィア特製のオムライスをほおばっている。

「まあ、いいさ。ただし十五歳未満に酒は提供しないぞ。隠《かく》れ家《が》酒場とはいえ、法律からは隠れられん」

カウンターの向かいでロッテが言う。そこにアミトがやってきた。

「エディ、美味《おい》しい？」

「美味しいわ。ここのシェフうちの国に来れないかしら？」

「あはは、スフィアが喜ぶよ」

バクバクとオムライスをかきこむエディリス。

「王女、アミト君に言いたいことがあったのではないですか？」

アミトが来たのを見て大使がエディリスに促《うなが》す。

エディリスは少し恥《は》ずかしそうにしながら、チラチラとアミトに目をやり、

「アミトも助けに来てくれたんでしょう？　ありがとう」

顔を赤らめた。

「どういたしまして」

アミトは笑顔で答える。

「アミトなら、エディの正騎士にしてもいいわ」

どうやら、騎士候補《こうほ》からランクアップしたらしい。

そんな辞令《じれい》をもらったアミトの脇で、ジョッキにエールを酌《く》んでいたナーナは一人、考え込んでいた。

（盗賊団のキルケを倒したのは本当にリサさんたちだったのかしら……。ヴァルハードの服従魔法もアミト君だけ平気そうに立っていたし……。いや、でも、こんな純朴《じゅんぼく》でかわいらしい子にリサさんたちを上回るような力があるわけないよね）

それはもう推察ではなく願望である。もちろん本人は自覚していない。

同じように、今日の出来事を振り返る者が二人、カウンターの端《はし》で酒を交わし談合していた。

「おい、ミレイユ。魔王軍の魔導師が消えていく直前、盗賊団の団長と何を話していたか聞こえたか？」

「聞こえてないわよ。あんたこそ聞こえてないのリサ？」

「実はわずかに、ある単語だけ耳に入っていた」

「何？」

「……勇者」

「はあ？　ま……まさかね。だって勇者が魔王を倒したのって百年前の話でしょう？」

「ああ、そうだ。だが、確かにあの魔導師は、アミトの顔を見て逃げるように棺に消えていった」

「……アミトがその勇者だって言いたいわけ？」

「……」

リサとミレイユはカウンター越《ご》しにアミトの顔を見る。

「ないわね。あんなかわいい子が百歳を超えてるわけないじゃない」

「ああ、ないな。あんな華奢《きゃしゃ》な奴が私より強い上に魔王を倒した伝説の勇者だなんてありえん」

「そうね」

「そうだ」

二人はお互いに、そして自分に言い聞かせるように、酒をあおった。

そんな中、酒場の中央では歓声が上がっていた。その中心にはグラニュートが立っている。

王女拉致事件にかかわったメンバーがいない中で行われていた決闘祭は、グラニュートの優勝で終わっていた。

優勝者を称《たた》え、Ｓ級冒険者たちが歌い、笑い、酒を飲む。

決闘が終われば皆、互いの健闘を称賛する、よき仲間なのだ。

そのテーブルに、巨大な猪《ファング》の丸焼きをアミトが運んでくる。

グラニュートの隣《となり》に座っていたフライトが早速それを受け取る。

「お、来たな。サンキュー、アミト。どうだ、おまえも一杯飲んでくか？」

「いやいや、フライトさん。僕、仕事中だから」

断るアミトにグラニュートも珍しく悪ノリする。

「一杯くらい、いいじゃないかアミト少年。ワシがおごるぞ」

「よっ、億万長者！」「太っ腹！」

周りからもガヤが入る。

「こら、みなさん。アミトさんが困ってますよ」

唯一の良心は常識人のエルマだけである。

そんな賑わいの中、アミトは見慣れない赤髪の少年と目が合う。

「あれ、初めましてですかね？」

赤髪の少年と肩を組んだグラニュートが、アミトの言葉に返す。

「彼はワシと決勝戦で戦ったトルコラ少年だ。ルーキーのＳ級冒険者で、この酒場のことも知らなかったからワシの紹介ということで連れてきた」

「ども、トルコラです！　よろしくっす！」

赤髪の少年トルコラは気さくな少年のようだ。歳も近そうでアミトは親近感を覚える。

「この酒場で働いてますアミトです。よろしくお願いします」

グラニュートに続いてフライトもトルコラと肩を組む。

「トルコラはソロで、まだクランにも入ってないんだろ？　期待のルーキーだな」

「黒鬼ことフライトさんにそう言ってもらえて光栄っす！　自分も『鋼鉄』入りたいっす！」

「うちは入団審査厳《きび》しいぞー。特に団長がうるさいからな」

「がんばるっす！」

二人のやりとりを微笑《ほほえ》ましく見ながら、アミトは空いたジョッキを集める。

「そういえばアミトさんも冒険者なんすか？」

トルコラに聞かれる。

「僕は恥ずかしながら冒険者見習いで。トルコラ君は決勝まで残るってことはすごい強いんだね」

「自分、戦闘は自信あるっす！　アミトさんもがんばってS級冒険者になれたら決闘祭での挑戦待ってるっす！」

ニカっと笑うトルコラに冒険者たちがツッコミを入れる。

「おいおい調子にのるなよルーキー」『来年は俺が倒したるからなー」

次から次へと出てくるヤジにみんなでガハガハ笑う。

フライトもエールを片手に、

「そもそも今年は俺も途中で抜けちまったからなー。俺に勝てるかートルコラー？」

と、意地悪そうに煽る。

「そういえば、そうっした！　でも自分、最強になりたいっす！　ぶっちゃけこの酒場で一番強いのって誰っすか⁉」

そんなトルコラの言葉にフライトは顎《あご》をなぞった。

「そうだな……」

そして、『鋼鉄』のメンバーと顔を合わせ、最後にアミトの顔を見て笑った。

「Ｓ級冒険者が集う、この酒場で一番強いのは……」

# エピローグ

ヒルダホームズの南シグリア山脈からアルバランに続く荒野。その道中で、アイテムを運送中の商人が、息を切らして走っていた。乗っていた獣車《じゅうしゃ》を置いて、足がもつれながらも、彼を追う大型モンスターから逃げるため。

オリジンベヒモス。ベヒモスは非常に気性が荒く、機嫌《きげん》次第で目的もなく人を襲うことがある。この商人も、たまたま通りがかりのベヒモスに目を付けられ、狙われた。

「はあっ、はあっ、どうして始祖族《しそぞく》のモンスターがこんなところに！」

通常、始祖族のモンスターは山奥や森、ダンジョンと、人けの少ないところに生息している。商人が交易路《こうえきろ》として使うような人通りの多い道に現れることは稀《まれ》だ。運が悪かったとしかいいようがない。

S級冒険者ですら不意な始祖族との戦闘は避けたいというのに、ただの商人が出くわすなど、神に見放されたようなものだ。正直、商人は覚悟《かくご》していた。自分の人生はここで終了だと。

徐々にオリジンベヒモスの足音が大きくなる。

（もうダメだ……）

諦めて商人が立ち止まった、その瞬間だった。

商人の頭上を、白髪《はくはつ》の少女が飛び越えていく。人間の跳躍力《ちょうやくりょく》をはるかに超えているその少女は、そのまま体をひねらせ、剣を抜く。

そして、たったひと振りで、オリジンベヒモスの頭を討《う》ち取った。

まさに刹那《せつな》の出来事。

音も立てずに着地する少女。商人の目には、キラキラと白髪をなびかせる彼女が女神のように映った。

しばらくすると、少女が現れた方向から別の女性がやってくる。

「お怪我《けが》はありませんか?」

女性が着ていたローブの肩に刻まれた赤褐色《せきかっしょく》のエンブレムを見て、商人はようやく彼女らが何者か理解する。

「もしかして、あなた方は『鋼鉄』の……」

「はい。ちょうどクエストからアルバランに帰るところ、あなたが襲われていたのが見えたので」

「ありがとうございます。ありがとうございます。本当に助かりました」

そして、商人は白髪の少女にもお礼を言う。

「あなたは命の恩人です。なんとお礼をしたら」

白髪の少女は剣を納《おさ》め、首を振る。

「見返りを求めての行為《こうい》ではないよ。それより、こんなところで始祖族と会うとは災難だったね。この交易路はしばらく危険かもしれない。帰って私からギルドに報告しておくよ」

そう言って、少女はローブを着た女性と一緒に、彼女らが乗っていた獣車に戻っていった。

その背中を見送る商人は、始祖族モンスターをいとも簡単に倒してしまった白髪の少女が何者であるか、ようやく理解する。

「ああ、そうか。あの方がアルバラン最強のクラン、その団長——クレア・ウィンターズか」

商人はその姿が見えなくなるまで、深くお辞儀《じぎ》をした。

*

クレアたちがアルバランに着いた頃にはもう日が暮れていた。

獣車を降り、表通りを歩くと、夜だというのに普段より賑わっている。

「そういえば決闘祭は今日か」

クレアが言うと、付き添いの回復士が返す。

「ですね。今年はフライトたちが『白騎士』のリサさんに負けてないといいですけど」

「どうだろうね。あいつら弱いから」

「それを言えるのは団長だけです」

「どうせ、あいつら『夕闇の宴』にいるんだろうね。私たちも行こうか」

「はい。久々にスフィアちゃんの料理が食べたいです」

「君らもいいよね？」

クレアは後ろで歩いていた他のメンバーにも声をかける。

「「はーい」」

そのままクレア率《ひき》いる『鋼鉄』メンバーは、路地裏《ろじうら》に入っていった。


仕掛け扉を開き階段を下りると、酒場からは宴会の声が聞こえてきた。

「案の定、やってるようだ」

クレアは酒場の入り口を開け、ドアベルを鳴らした。

初めに迎えてくれたのはロッテだ。

「クレアか。久しぶりだな」

「やあ、マスター。うちの連中は来ているかい？」

「ああ、あそこ」

ロッテがグラスを拭《ふ》きながら、中央のテーブルの方に視線で誘導する。

そこでどんちゃん騒《さわ》ぎしていたフライトたちもドアベルの音に気付きクレアの方を振り返っていた。

「げっ、帰ってきた」

フライトが嫌《いや》そうな顔をしていると、カウンターでリサと飲んでいたミレイユもクレアの姿を確認し、

「団長ー！　おかえりー！」

と、一目散《いちもくさん》に駆け寄ってきた。

「やあ、ミレイユ。君も一緒に飲もうか」

「うん！」

そう言って、ミレイユを連れて、フライトたちの席までやって来るクレア。

「留守中、問題はなかったかいフライト？」

「あったかないかで言えば、結構あったけど、詳しいことは明日にでもギルド行ってザッバスさんに聞いてくれ」

「そうかい、わかったよ。では、私も何か頼もうかな」

クレアはそのままフライトの横に座りメニューを開く。

「あ、じゃあ僕《ぼく》が注文受けますね！」

ちょうど猪《ファング》の丸焼きを運びに来ていたアミトがクレアに言った。

「ああ、じゃあ、とりあえずエールを……」

そして、注文をしようとしたクレアは、アミトの顔を見て持っていたメニューを落とした。

「あ……あ……」

「どうしたんだ団長？　口あんぐりさせて。ああ……そういやアミトとは初めてになるのか。アミト、これうちの団長な」

「噂《うわさ》の団長さんですか！　数日前からここで働いてますアミトです！　よろしくお願いします！」

アミトの自己紹介が耳に入っているのか入っていないのか、目を丸くしたまま、クレアは席から勢いよく立ち上がった。

そしてアミトをまっすぐ見て声を張る。

「先生！　どうしてここに⁉」

「先生？」

酒場にいる全員から同じ疑問が発せられた。

もちろんアミトも。

「あ、あの……？　先生って？」

「先生！　私ですクレアです！」

「あっ……はい。初めまして」

「はじめ……まして……？」
クレアは額《ひたい》に手を当て、そのまま気を失って倒れるのであった。

完

# あとがき

本作をお手にとっていただき、ありがとうございます。徳山銀次郎《とくやまぎんじろう》です。

異世界を舞台にしたファンタジー作品はデビュー前を含めても、これで二作目となります。デビュー後に限定するなら初です。

ちなみにデビュー前に書いた作品は、実体化できる超高性能ＡＩの美少女と異世界転生し、科学の力で無双するというお話でした。ちょうどＶチューバー文化の黎明期で、とあるＶチューバーの方をヒロインの参考にした記憶があります。当時は自由気ままに尖ったボケを盛り込んでいて、ＧＡ文庫大賞に送った際、編集者さんのコメントで「展開が行き当たりばったり」とバッサリ切られていました。二次で落ちました。本命の作品だったので今年もダメかと諦めていたら、もう一つ送っていた「女神チャンネル」がデビュー作となりました。……こっちもけっこう尖ったボケ入れていましたが。

まあ、そんなこんなで、過去の反省を活かし改めてファンタジー作品に挑んだわけですが、普段、現代ものを書くことが多い徳山はまんまと苦戦しまして、ファンタジー作品に「猫」とか「犬」って登場させていいの？　とか、そんな些細なことにすら筆を止めて悩んでいました。

本当にデビュー六年目の作家かよ、こいつ。って感じです。

しかし、私がお世話になっているのは、ファンタジーといえばのＧＡ文庫様。編集さんたちはもちろん、周りにいる作家さんたちも、その道のプロ中のプロ。というわけで、周りの方のお力を借り、デビュー前の行き当たりばったり尖りボケファンタジーよりかは、成長した作品になったかと自負しております。相談にのっていただいた担当編集さん、仲良しの先輩作家さん、同期の作家さん、本当にありがとうございました。

そして、イラストを担当していただいた三弥《みや》カズトモ先生にも、厚くお礼申し上げます。キャラが多くて申し訳ない気持ちでしたが、全キャラ最高のデザインで、初めてキャラデザを見させていただいた際には、五分に一回くらい見直してはニヤニヤしていました。

どのキャラもカッコかわいすぎて、これを読んでいる読者の皆様も推しが決められなくて困ってるんじゃーなかろうかです！　私もその一人です！


最後にＧＡ文庫編集部様、営業部様、校正の皆様、読者の皆様。この本に携わっていただいた全ての皆様に、改めて感謝申し上げます。

多種多様なエンタメが溢れるこの時代、少しでも小説の魅力をお届けできるよう、微力ながら今後も精進してまいります。これからも、どうぞよろしくお願いいたします。

徳山銀次郎

## ファンレター、作品の
## ご感想をお待ちしています

〈あて先〉

〒105-0001
東京都港区虎ノ門2-2-1
SBクリエイティブ（株）
GA文庫編集部 気付

「徳山銀次郎先生」係
「三弥カズトモ先生」係

**本書に関するご意見・ご感想は**
**右のQRコードよりお寄せください。**

※アクセスの際や登録時に発生する通信費等はご負担ください。

https://ga.sbcr.jp/

## S級冒険者が集う酒場で一番強いのはモブ店員な件
## ～異世界転生したのに最強チートもらったこと全部忘れちゃってます～


発　行　　2025年2月28日　初版第一刷発行

著　者　　徳山銀次郎
発行者　　出井貴完

発行所　　SBクリエイティブ株式会社
〒105-0001
東京都港区虎ノ門2-2-1

装　丁　　AFTERGLOW

印刷・製本　中央精版印刷株式会社




ISBN978-4-8156-2769-0
Printed in Japan　　GA文庫

試読版は
こちら!

試読版は
こちら!

試読版は
こちら!

第18回 GA文庫大賞
GA文庫では10代～20代のライトノベル読者に向けた魅力溢れるエンターテインメント作品を募集します!
創造が、現実《リアル》を超える。
イラスト／りいちゅ
大賞賞金300万円+コミカライズ確約!
◆募集内容◆
広義のエンターテインメント小説(ファンタジー、ラブコメ、学園など)で、日本語で書かれた未発表のオリジナル作品を募集します。希望者全員に評価シートを送付します。
※入賞作は当社にて刊行いたします。詳しくは募集要項をご確認下さい。
全入賞作品を刊行までサポート!!
応募の詳細はGA文庫公式ホームページにて
https://ga.sbcr.jp/